河出文庫

ぷくぷく、お肉

おいしい文藝

角田光代　阿川佐和子 ほか

河出書房新社

ぷくぷく、お肉

もくじ

ぷくぷく、お肉

ありが豚

角田光代

トークショーのあとの質疑応答で、司会者が、何か質問はありませんかと訊いたところ、お客さんのひとりが手を挙げ、「カクタさんに質問です」と言う。どんな質問がくるのか、背中を伸ばして待つと、「好きな肉の順位を教えてください」と訊かれた。この二十年の文学の変遷だとか小説と社会の関わりだとかよりはよほど答えやすい質問ではあるが、

「いちばんは豚です、それから羊、牛、という順番ですね」

と真顔で答えながら、少々恥ずかしくもあった。一応、肉についてのトークショーではなかったので。

肉でいちばん好きなのは豚。豚肉は牛よりもあっさりしていて、淡泊でありつつ奥ゆかしいうまみがあって、そして脂が独特においしい。賛同者がいるかどうかはわか

らないが私は豚の脂身が子どものころから好きで、家族が残す脂身をもらって食べていたほどだった。じんわりとにじみ出る、あのひそかな甘さ。豚カツは、だからヒレよりロースが好きだ。

料理は愛情だなあと、私に思い知らせてくれたのは、豚肉である。この場合の愛情とは、食べさせる人たちへの愛ではなく、素材への愛である。たとえば私は煮魚が苦手で、マスターするまでにずいぶんと年数がかかったが、豚は、料理を覚えたてのころから失敗知らずだ。豚の角煮、豚カツ、生姜焼き、餃子、叉焼（チャーシュー）、ポークソテー、豚の冷しゃぶ、豚を使う料理のほとんど、どういうわけだか最初からレシピを見ずとも作れたし、失敗をしたことがない。これは魚より豚肉を愛しているからだ。

さらに、私は発明料理、つまり名もなきおかず作りが苦手で、冷蔵庫に残った野菜や魚を自己流に調理すると、たいへん珍妙なものができあがるのだが、豚にかぎってはかならず成功する。豚カツ用の肩ロースの切り身に、たらことチーズをのせて焼く「好きなものだけ焼き」とか。薄切り肉に余り野菜を巻いて、醤油と酒と味醂の甘辛タレで煮詰める豚肉まきまきとか。戻した白花豆とトマト缶で豚のブロック肉を煮込んだ料理とか。牛ではなく豚肉を使ったポークストロガノフクリームソースとか。

豚肉は、もう、どうしてみても失敗するということがなく、おいしい。これは私の豚肉への愛ゆえのことだろう。愛していれば、こんなにもうまくいくものなのだ、ほかのことと同様、料理もまた。

ところで豚には銘柄がある。この十数年ほどでずいぶん増えた気がする。鹿児島黒豚をはじめ、梅山豚(めいしゃんとん)、TOKYO X、三元豚(さんげんとん)、白金豚(はっきんとん)、アグー豚、もち豚、ローズポーク、イベリコ豚……数え上げたらきりがなく、また、食べたことのない銘柄もずいぶんと多い。お肉屋さんでも銘柄を表記して売っている。表記されると、愛ゆえに、それぞれの良さを知りたくなる。

一時期私は、豚肉ソムリエになろうとひそかな野望を抱き、いろんな銘柄豚を買って味を分析しようと思っていた。豚カツならば何が合い、生姜焼きならこれが合う、などと、すらりと言えるようになりたかったのだ。

少しはわかった。TOKYO Xはさっぱりしていて、イベリコ豚は牛と分類してもいいくらい濃ゆい、三元豚はあっさりしつつでもしっかりと豚のうまみと甘みがある……等々。が、わかるのはこの程度。どんな銘柄を買ってこようと、食べる段になって「うまーい」で終わってしまい、終わると忘れてしまう。アグー豚、うまーい。TOKYO X、うまーい。三元豚、うまーい。それっきり。それぞれの味を覚えていて、比べるということができない。だってどれも、本当においしい。

豚バーなるものがないかな、と私は夢想した。食事はすべて豚料理。しかも異なる銘柄がずらりあって、お客はきき酒ならぬきき豚ができる。そういう店さえあれば、それぞれの違いがよくわかるんだけどな。

　と思っていたら、豚バーとまではいかないが、種類の違う豚肉を出す豚しゃぶ屋さんがあった。その日その日で銘柄は違うが、何銘柄かの豚肉があり、ともに注文することで違いを味わうことができる。知人にこの店に数度連れていってもらった私は、「私はどうやら狭山丘陵チェリーポークが好きだ」と思った。しかしながら、その日にほかのどんな豚があり、それらと比べどんな点においてチェリーポークが好きか、まったく覚えていない。あーおいしかったなー、しか、やっぱりないのである。

　チェリーポークは、幸いなことに、近所のお肉屋さんで扱っている。理由はさっぱり覚えていないが、でもチェリーポークが好きだと思った記憶を頼りに、たいていの豚肉はここでチェリーポークを買って調理している。

　もうひとつ、私が愛している銘柄豚があって、それはサイボクのゴールデンポークである。「埼玉種畜牧場サイボクハム」の豚肉。これは少し歩いた場所にあるスーパーでたまたま買って、あまりのおいしさに仰天し、捨ててしまったパッケージを拾ってどこのなんという豚か、調べたほどのおいしさだった。味が深くてでも強過ぎなくて、甘みがあって品が良くて、ほかの野菜と炒めても煮ても、ちゃんと豚の味が残る。そうして驚くべきは、値段。銘柄豚とは思えないほど価格が安い。

　チーズでも塩でも、種類と値段の幅が増え過ぎると、うんざりしてくるのだが、豚だけはうれしくてありがたい。見たことのない銘柄を店頭や飲食店で見ると、わくわくする。やっぱり愛だなあ。普遍の愛だなあ。

スキヤキスキスキ

阿川佐和子

すき焼きについて書こうと思う。以前、鍋料理をすると、その人の本性がわかるという話を書いたが、すき焼きもしかり。本性ではないが、それぞれの家庭によって作り方がこれほどまでに違うかということを、家族以外の人と鍋を囲むたびに思い知らされる。

「え？　直接、お砂糖入れるの？」

私がすき焼き鍋の上で砂糖をパラパラ振り始めると、たいてい周辺から非難めいた声が上がる。

「駄目？」

「駄目ってわけじゃないけど、甘くなりすぎない？」

そうなんです。我が家のすき焼きはけっこう甘いのです。その点については否定しない。だから子どもの頃、すき焼きがそんなに好きではなかった。最初のうちはおいしいと思うのだが、煮詰まるにつれて味が濃くなって、だんだん飽きてくる。何を食べても甘辛く、食べること自体が苦痛になり始めるのだ。

親族一同の中ですき焼きをもっとも好物にしていたのは父の兄、亡くなった伯父である。広島で小さな会社を営んでいた伯父は仕事でちょくちょく上京した。上京ついでに我が家に立ち寄り、晩ご飯を食べることが多く、そういうときはさりげなく、

「どうじゃ、すき焼きにするかな」

母に提案する。父より十九も歳の離れた伯父である。母にとっては義理の兄というより舅（しゅうと）のような存在だ。口答えなど許されない。

「そうですね。じゃ、すき焼きにしましょうか」

その声を聞くと私は秘かに「がっくり……」と肩を落とした。またすき焼きか……。高価な牛肉がたっぷり食べられるすき焼きは大ごちそうにちがいない。普通の子どもなら喜ぶところだろうけれど、私はあまりうれしくなかった。伯父ちゃんが来るといつもすき焼きだ。あーあ、気が重い。

こうして作られる我が家のすき焼きの材料は、長ネギ、春菊、白菜、木綿豆腐、しいたけ、白滝ぐらいだったろうか。なぜかウチでは焼き豆腐を使わなかった。そして調味料は砂糖と醬油だけである。煮詰まってきた段階で日本酒や水をちょろちょろ足

すことはあっても、割り下というものは使わない。これは後に知ったのだが、割り下を使うのが関東風。砂糖醬油を直接、材料に振りかけるのが関西風らしい。父と伯父の母親が大阪の人だったので、広島で生まれ育った父の舌は関西の味に慣れていたようである。

伯父がどうだったかの記憶は定かでないが、父はすき焼きを始める前に、決まってやっていたことがある。それは、食卓に置いたすき焼き鍋がそろそろ温まった頃合いを見計らい、「まずは一枚だけ」と言って鍋にバターをひき、すき焼き用の肉を一枚、そこで焼く。ジュー。たちまちバターのいい香りが立ちこめる。

「あたしも」「僕も」

家族もれなく一人ずつ、一枚だけバター焼きにするのが恒例となっていた。軽く焼いた薄切り牛肉を皿に載せ、そこへレモンと醬油をチョチョッとたらし、すばやく口に入れる。

「おいしーい!」

「あら、あたし、まだ食べてない」

母が台所から出てくると、

「ほら、早く焼いて食べなさい。それが終わったらすき焼きだ」

父の号令に従ってそそくさとプレリュードを済ませると、ようやくすき焼きの始まりである。

　かすかにバターの残る鍋に今度は牛の脂身を入れ、じわじわ溶かしていく。油がじゅうぶん鍋に染み渡ったら、そこへまず肉を一枚ずつ。菜箸でサッと焼き、横へ寄せる。また肉を入れて横へ寄せる。ほどよい枚数を焼いたら隣に長ネギをたっぷり。白菜、しいたけ、

「豆腐もそろそろ入れていい？」

「春菊はあとあと。白滝が先だ」

だいたいの具が鍋に揃ったら、上から砂糖をサッサカサ。醤油をタラタラタラ。

「足りない足りない。砂糖をもっと入れろ。醤油も」

　菜箸で鍋の端を叩きながら指揮者のように指示を下す父のもと、母と子どもたちは席を立ったり座ったりしながらわさわさと働く。

ジュワー、グツグツグツ。

しばし待機。一同着席。その間に各自の小鉢に卵を割り入れて、また立ち上がり、グツグツグツを覗き込む。

「そろそろいい？」

　父の顔を見ると、

「よし、俺にそっちの大きい肉を取ってくれ」

卵の入った父の小鉢に肉の塊を入れ、続いて家族の箸がいっせいに鍋に突撃する。

このあたりまでは私もすき焼きを楽しみに、一口食べて、「おいしい!」と叫ぶのだが、そのうちしだいに箸の動きが鈍くなる。そして肉も野菜も豆腐も白滝もほとんど同じ茶色に染まる頃、心のなかで、「やっぱりしゃぶしゃぶの方が好きかなあ……」なんて、罰当たりなことを考えるのである。

いつの頃からか、すき焼きが好きになっていた。ときどき無性に食べたくなる。一人暮らしだとなかなか作る機会がないと思うから、いっそう思慕の情が募るのであろうか。伯父はすき焼きとゴルフがこよなく好きだった。もう少し長生きしてくれていたら、一緒にゴルフをして、夜はすき焼き鍋を囲んで肉の取り合いができたのに。

エラクなりたかったら独身だ、スキヤキだ

開高健

どの出版社のどの全集と、あえて名ざすまでもないので、任意のと申し上げておくが、その、任意の、手もとにころがっている全集の一冊をとりあげる。そしてその巻を埋めた著述家の——哲学者でも作家でもいい——生涯についての略歴を読んでみる。すると、何頁も読まないうちに、いや、しばしば、何行と読まないうちに、その人物が独身であったと知らされるのである。独身であるか、準独身であるかだ。

それと同時に、ちょいちょい、脳梅毒かテンカンかの業病持ちであったことも教えられる。エライ人は、どうやら独身か、業病持ちか、そうでなかったら独身であると同時に業病持ちであった。らしい。と知らされる。日曜の昼下りに、諸君はそういうことをちらと読み、畏服(いふく)と同時に、オレはどちらでもないナと思いかえして、不満と安堵(あんど)をおぼえる。

自身の一片を集中して〝妄想〟という憑依状態にまで持っていかないことにはモノが書けないから、どうしてもエライ人は独身か準独身の状態を選ぶよりほかなくなるのだが、イザ、やってみると、これがなかなか楽ではない。掃除とか洗濯とかのほかに、新聞屋さん、牛乳屋さん、トイレットペーパーの交換屋さん、ゴミとりさん、さまざまな人びとが、やってくるか、音高くゆるゆると通過なさるか、音なしにサッサと通過なさるかする。いちいちそれをとらえて、起きていく、お金を払う、ゴミ罐をさげて走る。オジサァーン、待ってェと叫ぶ。これら、叫びと囁きのうちで、いちばん面倒で厄介なのが食事である。

三度三度、メシをつくってオカズをつくってというのが——そのあとに皿を洗ってというのがつく——わずらわしくてならないので、私は一日二食にすることにした。朝はコーンフレークスに牛乳をかけたのを、しゃぼりしゃぼりガサガサと匙ですくって食べる。これは正気では食べられたシロモノではないのだけれど、昨年、ピューリタンの病院で寝起きするうちに教えこまれたのである。手術の痛苦の経験でもないかぎり、こんなあじきない朝飯ッてあったものじゃないが、人間、何にでも慣れられる。慣れたらさいご、妙味がでてくる。しゃぼりしゃぼりガサガサを毎朝繰りかえしているうちに、一種微妙な味わいを、コーンフレークスに私はおぼえるようになった。しかも、この箱のいちばん底にはプラスチックのドナルド・ダックちゃんなどが入っていて、昔のグリコのオマケとおなじだが、これを一箇ずつコレクトしておくうちに、いまではずいぶんの数となった。

コーンフレークスに牛乳というのは、いかにも勤勉と禁欲主義と素朴を感じさせられる食事だが、反面、とことんズボラでいけるというありがたさがある。ドンブリ鉢にコーンフレークスをあけて、それに牛乳を注ぐだけである。擬音語で書けば、ガサガサというのと、チャボチャボというのと、たった二語ですむ。台所で洗うとなると、ザアザアの一語ですむ。こんなあっけない〝料理〟のくせに慣れれば、慣れからくる親しみと滋味がプラスされるのだから、エライ人になりたかったら朝飯はこれにかぎるよ。ガサガサ、チャボチャボ、ザアザアの三語ですむんだからネ。おまけにポパイだの、キューピーだの、ミッキー・マウスなどがついてくるんだから、毎度、遠い日、懐しい季節の回想にふけることもできようッて。

朝はそれですみ、昼はヌキメシでいくとして、晩はどうするか。何かいいズボラ料理はないものか。一回、鍋（なべ）を火にかけてコテコテと作ったら、あとは材料か調味料をポンポンほうりこんでいくだけですむような、そのような簡単でうまい料理はないものかと、考えていくうちに、ポ・ト・フ、ブイヤベース、ブルギニヨン、ボルシチ、シチュー、中華菜のあれこれ。かつて食いまくった南船北馬の記憶が、むらむらワラワラと群になってでてくる。そのときどきの窓に射していた日光のたたずまい、男の眼の沈んだ輝やき、女の眼の陽炎のような燦めくうつろい、遠い調理場での人声と物音、戸外の風の音、ひとつひとつの〝場〟についての回想に、ついつい、ふけりたくなる。

しかし、それは〝文学〟であって、キッチンではないから、私はからみつく蔓草をはらいのけるようにして、スキヤキだ、スキヤキと思いつめ、買出しにでかけるのである。スキヤキの鍋には、何といっても南部鉄の鉄鍋がイッチだという説がある。はじめにザクをイタメて、つぎに肉を入れるか。肉をイタメてからザクを入れるか。割下を入れるか入れないか。それぞれについて、精細をきわめた論があり、私も知らないわけではないけれど、いまはそんなことをいっていられない。私のつくるのは〝料理〟ではないのだ。腹につめるだけの原料でがまんするしかないのである。

そこで、ステンレス鍋でジャージャーとヘットを炒め、乱切りのネギをほりこみ、肉をほりこみ、醬油をチョビリンコ、砂糖をチョビリンコ、ついでシラタキだの、豆腐だのをいい気になってほりこみ、煮えるまでウィスキーをチビチビやりながら、本を読む。日本酒のときにはお余りをポチャン。ぶどう酒のときもお余りをポチャン。ビールもポチャンとほりこむ。すべて酒と味噌は肉を柔らかくし、匂いを消すのにイッチいいと教えられておる。

できたのをウィスキー、日本酒、ぶどう酒、ビール、焼酎、手もとにありあわせのイッパイでやって、初回はそれで満足。

二回めの翌日は、お余りの肉とザクをほりこんで満足。三回めはお色直しで火にかけるだけで満足。四回めはご飯にブッかけて牛丼でいく。五回めは生ウドンを買ってきてほりこむ。六回めはお余りのご飯をほりこんでオジヤ。雑炊である。このときは卵などを張ったりする。

この間、香辛料だけはやたらに買いこんであるので、七味、山椒（さんしょう）、シナモン、タイム、ブラック・ペッパー、ピメント、それぞれ一品ずつを若干ふりかけて、どれがいちばんあうかと、錬金術風の探究にふけるのだが、まだ究極の答えはでていない。スキヤキ鍋も、三日、四日かかって火にかけなおして、お色直しをつづけていくと、さいごはオカユともネコのゲロともつかぬ、一種異様な混沌（こんとん）に到達し、朝眼がさめて台所へいって蓋（ふた）をとったら、思わずタジタジとなる。しかし、ここでひるんではいけないので、ガスのスイッチをひねり、できるまでうなだれて本を読む。

エラクなるのは。

しんどいデ。

牛鍋からすき焼へ

古川緑波

I

「おうなにしますか、それとも、ギュウがいいかい？」

と、僕の祖母は、鰻（うなぎ）を「おうな」牛肉を「ギュウ」と言った。

無論、明治の話。然（しか）し、それも末期だ。だから、その頃は、牛鍋は、ギュウナベと言いました。

今でこそ、牛肉すき焼と、東京でも言うようになったが、すき焼というのは、関西流で、東京では、ギュウナベだったんだ。今でも、ギュウナベと言いたいんだが、そんなこと言ったら、映画を活動写真と言うのより、もっと嘲（わら）われそうだ。いいえ、通じないんじゃないか、第一。

僕が、その牛鍋を、はじめて食ったのは、四谷見附の三河屋だった。

三河屋の牛鍋は、それから何十年間、成長してからも、食った。そして、今でも、牛肉と言えば、三河屋を思う程、深い馴染の店だった。

そして、誰が何と言っても、三河屋くらい美味い店は無かった、と思っている。

四角い、長方形の薄い皿に、牛肉が並んでいる。皿は、周囲に藍色の模様、肉の並べてある中央部は白。その皿が、ずうっと何十年間続いていた。

他と違うのは、その皿の中に、牛肉の上に、タレがかけてあったこと。

タレと言っては間違い、ワリシタと呼ぶのが正しいそうだが、ま、何っちにしても、その汁がかけてあって、女中が、その皿から、牛肉を鍋へ入れた後、皿に残った汁を、鍋の中へあけていたのを覚えている。

三河屋の牛肉のうまかったのは、牛肉そのものの吟味してあったことは言うまでもないが、ワリシタが、よかった。皿の中の汁以外に、ワリシタを入れた器があり、それに秘伝もののワリシタが入っているのだが、その蓋を除ると、プーンと強い味淋の匂いがしたのを、これも判然覚えている。

三河屋では、ザクは、葱一点張りで、（いや、シラタキはあったような気もするが）豆腐などは出さなかった。

そして、ああこれは肝腎なことだった。その頃は、生卵なんか附けて食いませんでした。生卵を附けて食うのは、あれは（今では、もう東京でも何処でも、やっていますが）関西から渡って来た、食い方で、三河屋は、ワリシタ自慢。生卵など出さなかった。（後年は、出した）

うまかったなあ、絶対。

子供の頃から大人になるまで、何十遍か何百遍か通った、三河屋も、戦争が始まる前あたりかな、姿を消してしまった。僕は今でも、四谷見附を通る度に、ああの辺だったな、と思い出す。

牛込神楽坂にも、島金という牛鍋屋があった。此処は、牛鍋専門ではなくて、色々な料理が出来た。

子供の時、父に連れられて、幾度か、島金へも行ったが、牛鍋の他に、親子焼（鶏肉の入った卵焼）の美味かったことを覚えている。

一昨年の冬だった。或る雑誌の座談会が、此の島金で催されて、何十年ぶりかで行った。なつかしかった。然し今は、牛鍋屋でなくて、普通の料理屋になっている。

同じ神楽坂に、えびす亭がある。

ここいらは、早稲田の学生頃に、よく行ったが、学生向きで安直なのが、よかった。

安直ということになれば、米久の名が出る。米久は、一人前五十銭（？）から食わせた、大衆向の牛鍋屋で、而も、その五十銭の牛鍋の真ン中には、牛肉が塔の如く盛り上げてあったものである。

米久は、いろはの如く、方々に支店があり、どの店も安いので流行っていた。そして、各店ともに、大広間にワリ込みで、大勢の客が食ったり、飲んだりしている。その間を、何人かの女中が、サーヴィスして廻る光景が、モノ凄かった。客の坐ってる前を、皿を持った姐さんが、パッと、またいで行く。うっかりしていると、蹴っとばされそうだった。「牛屋の姐さんみたいに荒っぽい」という形容が、ここから生れたのである。

本郷へ行けば、大学生相手の、豊国、江知勝。

浅草まで飛べば、ちんや、松喜、今半。

僕は昭和八年から、足かけ三年間を、浅草で暮したので、随分、この辺の牛鍋も突ついている。

ちんや、今半も、それぞれ特色はあったが、僕は、松喜を愛した。

新派の梅島昇と、その頃よく松喜へ行ったのを思い出す。彼は、田圃の平埜が本城なのだが、松喜も好きだったらしい。

浅草の牛屋は、まだまだあって、夜あかしの東亭や、米久なども数えなくてはなるまい。牛ドンの、カメチャブ屋のことは、今回は語らないことにしよう。

銀座方面には又、銀座の松喜、今朝、太田屋――僕は、今朝を愛用していた。

さて、まだまだ東京中の牛屋を語って行けば、話は尽きないが、ここで、牛鍋からすき焼へという時代となるので、そこんところを、じっくりと語りたい。

今までの話は、これ大体牛鍋の話なのである。東京式の、醬油や味淋のワリシタで、煮る、牛鍋だ。ところが、それが段々と、すき焼という名の牛鍋に変遷するのであるが、これは関西風の、すき焼ってものから語らなければ、ならない。

牛鍋を一寸一遍、火から、おろして、すき焼の方にかかろう。

僕が、はじめて関西風の、すき焼なるものを食ったのは、さアて——大正何年位のことかなあ?

「肉すき致しましょうでっか?」

というようなことを言われて、関西風の、すき焼を、はじめて致した時は、かなり面喰ったものであった。

ザラメを入れる、味噌を入れる。ザクの数が又、やたらに多い、青い菜っぱ、青い葱、ゆばから麩まで入れる。そこへ又、牛肉そのものの、薄い大きい片を、まぜこぜにして、ぶち込んで、かき廻す。なるほど、こいつは、ギュウナベじゃなくって、すき焼って感じだった。

醬油ッ辛い奴ばかり食い馴れていた僕は、此の生ぬるいような味には、妥協出来なかったものだ。それが、大阪は南、本みやけの、すき焼から、網清だの、何のと食い歩いているうちに、ギュウ鍋とは又別のものとして、すき焼も亦、いいではないか、という気がして来た。

本みやけでは、ヘット焼と称して、ビフテキの小さい位の肉を、ジュージュー焼いて食わせるのを始めた。

これを、初めて食ったのは、谷崎潤一郎先生に連れて行っていただいた時だった。

「フーム、こいつは食えます」

と、やたらに食って先生を呆れさせた。

神戸の三ツ輪の、紅の肉が紙の如く薄く切ってあるのを、嘆賞したのも、京都の三島亭を覚えたのも、丁度その、震災直後ぐらいのことだったようだ。

京都では三島亭の他に、おきなだの、鹿の子を知り、ヘット焼を、油煮としてあらためて食わされたものだ。

さて、ここに、それら関西風の、すき焼を語ったのは、やがてこれが、関東へ進出して、ギュウ鍋軍と戦い、ついに勝って、東京も亦、すき焼の天下となるおはなしの序である。

関西すき焼軍勝利のテンマツは、次回の読みつづきと致します。

Ⅱ

前回からの読みつづき。

関東牛鍋軍、ついに関西すき焼勢の軍門に下るという、眼目に入ります。

さて、前回に、関西の牛肉すき焼と、関東の牛鍋（ギュウナベと読むんですぞ）の在り方について、かなり、くどく語ったが、それは、関東流と関西流とが、かなり違った食いものであったことを、念を押したかったのである。

そして、僕の如きは関東の牛鍋が、勿論好きであるが、牛鍋とは又全く別な食いものとして、関西流すき焼も亦、悪くはないと、両方を食い比べているうちにそういう心境に迄至ったのであった。

が、さて、判然と、これは大正何年とか昭和何年とか、言うことは出来ないけれど、大体に於て、大正十二年の関東大震災の後ぐらいからではあるまいか、東京にも、関西風すき焼が進出して来たのは。そして、大いにこれが勢力を得て、それから段々と、東京の店でも、牛鍋とは言わなくなり、専ら、すき焼と称するようになった。看板も、牛鍋という文字は、見られなくなって、すべて、すき焼となってしまった。

然し、これは名前だけのことで、実は関西流のすき焼が、東京でも全面的に行われるようになったわけではない。

戦後の今日に至っても、純関西風すき焼の店はあんまり無くて、やっぱり昔からの東京風牛鍋なんだが、名前は全部すき焼となってしまった。然し、ふり返ってみると、一時は、大分その関西風すき焼が、東京へも進出して、東京風との間を行く、アイノコ流が流行ったことがある。

昭和十年頃のことかと思う。日本橋に井上というスキヤキ屋が出来て、ここでは、京都の三島亭から肉を取寄せているとかいうことで、その「演出」も、すっかり京都風だった。

ヘット焼と言ったか、オイル焼と言ったか、手っ取り早く言えば、油炒めであるが、ジャガ薯だの、カブなんかも入れて、ジュージュー焼いて、大根おろしで食わせたのは、東京としては珍しかったし、夏場は冷房などもあって、中々贅沢なものだった。

それから、やっぱりその頃だったと思う。浜町に橋本という、すきやき屋が出来て、菊池寛先生などは、愛用されていた。この店については、小島政二郎先生の『食いしん坊』でも、三河屋等に優る味だったと絶讃してある。

僕の昭和十一年三月三日の日記が、此の橋本に触れているので、抄いてみる。

……浜町の橋本へ、牛肉を食いに行く。肉はいいが、ワリシタが、いけない。ナマに、胡椒をかけて来ること、葱の切り方、すべて京都三島亭あたりのやり方なり。僕は、井上の方が好きだ。……

これを以て見ても、その頃の、スキヤキは、関西流が大分流れ込んで来ていることが判る。

又、やはりその頃のことだろうか。東京会館の屋上で、スキヤキを食わせるようになったのは。夏場だけ、屋上で、スキヤキをやり、別に、スキヤキ・ルームと称する部屋も出来たが、これらは皆、関西風だった。

そのうちに、戦争。それが済んで、東京中に、食いもの屋が氾濫するに至ったが、さて、割合に、スキヤキ屋は、数が多くない。

築地に、夕ぎりという、これも冷暖房完備の、女中美人多しの、スキヤキ屋が出来た。伊勢松阪から肉を取寄せているそうで、上等なものだ。然しここは、関西風で、醬油ッ辛いワリシタの、牛鍋気分とは縁が遠い。これだの、その他、戦後派の店が幾つかあるが、すし屋だの、支那料理屋に比べれば、スキヤキの数は全く少いと言えよう。

戦前からやっていた、今朝の新橋の店は、やっている。ここのは、関西風ではなく、ワリシタで食わせるので、牛鍋気分である。

浅草の今半だの、松喜も又やり出した。そしてこれらは、皆関東流である。

牛肉の鍋で変った店があったのを、思い出した。新橋の、うつぼ。牛肉ぶつ切りという奴。これは、ネギマのマグロの如く、牛肉をブツ切りにしたのと、葱も五分に切ったのを、味噌煮で食うのである。これは、如何にも安っぽくて、ゲテな味だったが、こんな店も、今の東京に一軒ぐらいあった方がいいな。

牛肉の鍋では、まだ変ったのがあった。終戦後間もなくの頃、と言ったら、まだ食いものの乏しい頃のことである。京都へ興行に行った時、谷崎潤一郎先生に連れて行っていただいた十二段家の鍋だ。終戦直後のことで、まだ自動車も乏しく、南座からそこ迄、人力車で行ったことを思い出す。

十二段家と言っても、昔の、幕の内だの何か食わせる十二段家ではなく、今のは、祇園花見小路にあって、洋食屋だ。谷崎先生に、その十二段家の、独特の牛肉鍋を御馳走になった。牛肉の鍋と言っても、ここのは頗(すこぶ)る変っている。火鍋子(ホーコーツー)が出て、その中へ自分で、ナマを入れて茹でて（というのは、火鍋子の中の汁には味が附いていない）適当なところで引き揚げて、一種の味噌の如きもの（これに秘伝があるのだろう）を附けて食うのであった。ベトベトとした味噌の如きものには、胡麻のにおいがしたような気がする。何しろ、食物の乏しい頃だったから、貪るように食ったので、味についての記憶があんまり判然していない。昂奮する程の味ではなかったが、あっさりしているから、いくらでも食えた。

やっぱり、その時の京都だったか、白水（？）という店で、牛肉のバタ焼を御馳走になり、肉に飢えていた頃のことだから、僕は大いに食って食って、食いまくって、

「えらいもんやなあ。先生、あんた、牛肉一万円食うて呉れはりましたで」

と御馳走した人をして喜ばしめ（？）たことがある。

その後、いささか礼節を知ったのか、まだ、一人で一万円の肉を食った経験（こと）はない。

近頃での、面白い経験は、去年の暮、笑の王国の旧メンバーの忘年会で、サクラ鍋を食ったことであろう。サクラとは勿論馬肉のことだ。俗に言うケットバシ屋。浅草の、あづまという店。僕は、あんまりゲテモノ好きではないので、サクラときいては、どっとしなかった。だから、恐る恐る鍋を突ついたのであるが、これは割合にイケました。味噌ダレでクタクタに煮ちまうんだからよく味は判らない。が、まあ下手な牛肉を食う位のことはある。黙って食わされりゃあ牛肉だと思ったに違いない。

さて、お話は、大分可笑しくなって、牛鍋スキヤキ合戦記は、ウヤムヤになってしまい、馬が飛び出してしまった。

食談から駒が出てしまいました。

というのは、サゲになりませんかな。

すき焼きの記憶――「自作の中の味」という課題で

山田太一

「駄目らしいや。もうちょっと間があると思ってたんだが」

「嫌だ」

「身体を大事にね」

「もう逢えねえだろうが」

とどめようもなく父の肩も消え、母の顔も薄くなって行く。見逃すまいとした。父が消えて行く。

「ありがとう。どうも、ありがとう。ありがとうございました」

声はおさえていた。この瞬間を誰かに邪魔されたくないという気持が、無意識に働いていた。

「さよなら」

ほとんど見えない母がいった。

「あばよ」

父は見えなかった。

涙も出なかった。打ちのめされていた。

「さよなら」と小さくいった。

父も母も、たちまち跡かたもなく、箸と小鉢とビールのグラスと人形焼の袋と、お膳の汚れと皺のよった座布団だけがあった。

鍋が湯気を立てて煮えていた。

（『異人たちとの夏』より）

浅草での幼少期、鍋といえば、すき焼きだった。しゃぶしゃぶも水炊きも知らなかった。

子どもが知らなかっただけで、戦前の浅草にだって、しゃぶしゃぶはともかく、水炊きはあっただろうし、今となれば猪鍋とか桜鍋、柳川鍋とか思いつくけれど、故郷浅草の御馳走というように振りかえると、すき焼きのほかには一向に思い浮ばない。

といっても商売をしていて夕食時も両親は店に出ていたから、わが家で鍋を囲んだという記憶はない。

なにかあった時に（法事とか兄が兵隊になる前日とかいうことだろうと思うのだ

が）雷門あたりのすき焼き屋へ家中で出掛けたのである。

ビールや酒が出て、鍋の湯気が立ちのぼり家中がわいわいやっているのに倦きて、五、六歳の私は廊下へ出て、でんぐりがえしなどをしている。仲居さんが通って「おやおや、坊やちゃん、お上手ですねぇ」と愛想をいってくれる。嬉しくて何回もやってしまう。

少年期からは戦中戦後の窮乏生活に入ったので、幼少期のそんな記憶が青年期までひき継がれて、長い間私は贅沢とか御馳走とかいう言葉から不可避的にすき焼きを連想した。すき焼きの匂いをかぐと、華やいだ気分になった。

『異人たちとの夏』は、浅草で両親の幽霊と逢い、逢う瀬を重ねるという架空の話だが、自分の過去と細部では重ね合せられるところが少なくない。

引用した一節は、幽霊の両親と別れる場面で、父と母は目の前でだんだん薄くなって消えてしまうのである。その舞台を私は、どうしても雷門のすき焼き屋にしたかった。これはもう他の人には通じない私の勝手な思い込みなのだが、先の理由によって、特別な出来事は、すき焼き屋に限るのである。

ところが、小説の季節は夏であった。

夏にすき焼きは、どういうものか？　迷って、料亭にしようか、鰻屋の二階にしようかとあれこれ時間をかけたが、やっぱりすき焼き屋がいいのである。湯気の向こうで両親が消え、そのあとに鍋だけがぐつぐつ音をたてている。そうでなければならなかった。

いいではないか。夏場、すき焼き屋は休業というわけではない。私は強引に両親を、すき焼き屋の座敷に案内した。

すき焼きが好き

村上春樹

すき焼きは好きですか？　僕はけっこう好きです。子どものころ「今日の夕御飯はすき焼きだよ」と言われると、とても嬉しかった。

でもどういうわけか、人生のある時点を過ぎてから（どんな時点だろう？）、僕のまわりにはすき焼きの好きな人がひとりもいなくなってしまった。誰に質問しても、「すき焼き？　うーん、そんなに好きじゃないですね」と冷淡な答えが返ってくる。うちの奥さんも「すき焼きなんか五年に一回食べれば、それでいいんじゃない」という人で、したがって結婚してこのかた、ろくにすき焼きを食べた記憶がない。五年に一回といえばオリンピックよりも数が少ないじゃないか。誰か、僕と一緒にすき焼きを食べてくれませんか？　僕は糸こんにゃくと焼き豆腐と葱が好きなので、肉を中心に食べてくれる人だとすごく嬉しいです。いや、ほんとに。

ところでご存じのように、坂本九の『上を向いて歩こう』は、アメリカでは『スキヤキ』という題でレコード発売された。1963年のことで、そのときは、「ひでえタイトルをつけるよなあ」とあきれていたんだけど、ビルボードの第1位を三週間続けるという圧倒的なヒットを記録し、その結果この曲は「スキヤキ・ソング」として世界中に認知されてしまうことになった。今でもアメリカでオールディーズ専門のFM局に合わせていると、ときどきかかる。アメリカ大陸を車で横断していて、ミネソタのだだっぴろい平原の真ん中で、この「スキヤキ・ソング」が流れてきたときには、胸がじーんとしてしまった。良い曲ですよね。僕は「スキヤキ・ソング」を日本の国歌とまではいわずとも、準国歌にすればいいのにと長年にわたって主張しているんだけど、いかがでしょうか？

どうして『上を向いて歩こう』が『スキヤキ』になったのか前々から疑問に思っていたんだけど、この前ある本を読んで疑問が氷解した。ケニー・ボール楽団というイギリスのディキシーランド・ジャズのバンドが、この曲を最初に録音したとき、“uewomuitearukoh”という題がみんなどうしても覚えられなくて、スタジオで誰かが「面倒だから『スキヤキ』って呼ぼうや」と言い出して、それがそのままレコードのタイトルになってしまったということだ。アメリカで坂本九のオリジナルが発売されたときにも、そのタイトルが流用された。たしかに乱暴なタイトルなんだけど、それはそれでよかったのかもしれない。覚えやすいし、親しみがもてる。おまけに僕はすき焼きが好きだから、「べつにそれでいいじゃん」とすぐに納得してしまう。

ところでその『スキヤキ』がヒットしたあとで、鈴木章治の『鈴懸の径』が『スシ』というタイトルでアメリカ発売されたことをご存じですか？　残念ながらこちらはあまりヒットしなかった。しかし『テンプラ』とか『サシミ』とかいろんなのが次々にヒットしたらきっと面白かっただろうな。ラジオを聴いているうちにやたら腹が減ってきたりしてね。と書いているうちに、すごくすき焼きが食べたくなってきたよ。

ビフテキ委員会

赤瀬川原平

　私がはじめてビフテキを食べて飲み込んだのは、二十五歳の春だった。声変りをして、タバコも吸うようになり、酒も呑めるようになっていて、そして二十五歳、銀座のスエヒロではじめてのビフテキを食べたのである。

　しかし本当はそれより二十年前の五歳のときに、ビフテキを食べていた可能性もある。ビフテキそのものは記憶にないのだけど、その年レストランに行ってフルコースを食べているのだ。フルコースだから、ビフテキも一口ぐらいはかじって飲み込んでいるのではないだろうか。

　しかしその記憶は残っていない。そのときの記憶で残っているのはスープだけだ。フルコースのはじめのスープを飲んだ記憶だけははっきりと残っている。

　ちょっと説明しよう。

そのころうちは九州の大分に住んでいて、家族は両親以下子供五人で、私は末っ子だった。

そこへ満洲から叔父さん一家が遊びに来たのだ。これはだいぶ上流階級である。子供たちはみんなソックスなんて穿(は)いて賢そうで、うちの子供たちも緊張した。親父は奮発して別府の高級レストランへみんなを連れて行った。両家の家族あわせて十二人。

なぜ高級なのかというと、目の前に大きなテーブルがあり、白い新品のテーブルクロスがかかっていたのだ。それは当り前かな。しかしそこは一室貸切りのギリシャみたいな部屋で、壁際には要所要所にボーイさんが立っている。きちんと気をつけをして、私たちを見ている。私はよその人に見られながら食事をするのははじめてなので、五歳とはいえ上がってしまった。

そうしたらまず第一番目にスープが運ばれてきた。私だってスープぐらいは知っていたが、こういうちゃんとしたギリシャみたいなところで飲むのははじめてだ。おまけにそのスープというのがお皿にはいっていて、それをスプーンで掬(すく)って飲むのだから、飲みにくいったらありゃしない。スプーンがすぐお皿の底にコツンと当たる。スープがいくらも掬えない。スープというのは液体だから、深いお椀(わん)に入れた方が飲みやすい。それをどうしてこんなお皿なんかに入れるのか。私は非常に理不尽な気持になった。やり方を変えようと思った。だからスプーンを置いて両手でお皿を持ち上げ、口に持っていってスルスルと飲んだ。こうすれば簡単だ。

ところが飲み干したお皿を置いたら、どうも回りの空気がおかしい。何となくみんなの視線が自分の方に集まっている。その視線が笑っているのだ。あれ？　と思った。何がおかしいのか。

そう思っていたら、親戚のところの私と同い年ぐらいの男の子が、私のマネをした。両手でお母さんにお皿を持ち上げてスープを飲んでしまった。上流階級がそれをしたので、その子はお母さんにメッとひとことたしなめられてしまった。お皿を持ち上げてスープを飲むのはいけないらしい。原因は私である。みんなの気まずい笑い。壁際に立って見ているボーイさんも苦笑いをしていて、そこにちょっと軽蔑の意味も含まれている。含み笑い。

私は軽蔑なんて漢字を知らないくせに、その意味だけを先回りして感じてしまった。何だかポーッと頬が赤くなった。その赤い熱といっしょに軽蔑の意味も体全身にひろがってきて、そこからはもう何も覚えていない。

本当はそのあとにグラタンとか何とかソテーとかいろいろつづいて、その先でビフテキも出たかもしれないと思うのである。子供だからその全部は食べられないが、メインディッシュのビフテキの一口ぐらいは食べて飲み込んでいるのでは、と思うのである。だけどもう何もかもがスープの底に沈んでしまって、いっさい記憶にありません。

そして二十年の歳月が流れて、私は銀座スエヒロの二階にいた。生れてはじめてビフテキを食べることになったのである。厚さは二センチ五ミリから三センチはあったと思う。面積は幅十二センチぐらい、長さ二十センチぐらいの長円形といえばいいのか。表面はカリッと焦げた焦茶色をしていて、それがジュージューと音を立てながら運ばれてきて、目の前の皿の上にズッと置かれた。その豊満な姿と熱、重量感、そして何より肉体の芯に働きかけるようななまめかしい匂い、私はもうその存在に心を奪われ、そのビフテキをちらっと見て目をそらしたりしながら、つぎにはジッと見つめてしまった。何しろ話と写真だけで知っていながら、それまで接したことのないビフテキである。それを二十五歳になってやっと肉眼で見て、しかもこれから実際に口で食べて、喉から飲み込もうというのだから。

ちょっと説明しよう。

その年私がビフテキを食べることになったのは、私がビフテキ委員会にはいったからだ。私は何人かの投票で選ばれて、その一員になったのである。委員会にはほかにも友人が何人かいて、みんな見事なビフテキを前に緊張していた。

もうちょっと説明しよう。

このビフテキ委員会とは、正しくは「読売アンデパンダン展出品者委員会」という。

この展覧会は一九四九年から六三年までの間、毎年春に上野の美術館で開かれていた。読売新聞社の主催による無審査自由出品の公募展で、当時の若い前衛的な美術家たちにとっては唯一の発表の場所だった。このことについては『いまやアクションあるのみ!』(赤瀬川原平著、筑摩書房刊)に詳しい。

で、ビフテキ委員会であるが、その無審査の展覧会をさらに民主的に運営しようというので、毎年出品者の投票による委員会がつくられていた。これが毎年展覧会のはじまる前に、銀座スエヒロの二階でビフテキを食べながら委員会を開くのである。もちろんビフテキの代金は主催者の読売新聞社が支払う。これはまことに有難い。しかしこの構図が示すように、出品者委員会とはお客様で、読売新聞社がご主人である。出品者委員会は何か意見をいうことができても、その意見の採択をするその最終決定権というのは読売新聞社にある。となれば出品者委員会とは何なのか、ただの飾りではないのか、スエヒロでビフテキを食べるだけの役目ではないのか。となればそれはただの、

「ビフテキ委員会」

となったのである。

それはしかし一方で、ビフテキを食べられない人々からの羨望の言葉でもあった。

まあその辺の関係はともかくとして、ビフテキである。厚さ二センチ五ミリもあろ

うかというずっしりとしたビフテキがジュージュー音を立てて運ばれてきた。それが何か専門的な器具に挟まれて、耳の高さの宙空をよぎりながら、テーブルの白いお皿の上にズンと置かれた。お皿の上でもまだジュージューと音を立てている。こういうものとは知らなかった。

同席者は二十人ほどいて、その一人一人の前にジュー……、ジュー……、と置かれている。大変な光景である。その環境に目を奪われていると、また私の耳の高さの宙空をよぎりながら、アイスクリームが出てきた。それが大きめのスプーンに載って出てきて、こともあろうにビフテキの上にニュッと置かれた。

私はビックリした。ビフテキにアイスクリームをかけるとは。

しかしみんな平然としている。ビフテキにアイスクリームは常識だという顔をして、ビフテキの保護者のようなふりをしながら、わざとビフテキから目をそらしたりもしている。私もこのくらいのことで驚いてはいけないと思い、そういうふりのマネをした。

やがてみんな行きわたり、さてそれではいただきますということになり、私はナイフは右、フォークは左、それが間違ってないか、何度も見て確認しながら、ビフテキの左端一センチぐらいの幅にズブリとナイフを入れた。その感触はもうほとんどそのまま味覚で、私は体がのけぞりそうになった。その切り取ったビフテキ部分を実際に口に含んだ後の口中粘膜の状態については、もはや各自想像するほかはないだろう。

さてその不思議なアイスクリームであるが、ビフテキの上にのっけたのを当然のように認めてしまった以上、私はナイフを寝かせて積極的にそれを押し溶かして、当り前だという感じで肉につけて食べた。

これがうまいのである。

アイスクリームと思ったが、さすがにアイスではない。これはたぶん生クリームではないか。それが分厚い肉の上で甘く溶けて、しかしヨーカンみたいに甘いのではなく、ビフテキの分厚い味と溶けあってうまいのである。なるほどねェ、と思った。聞くところによると、アメリカではビフテキにジャムをつけて食べたりするという。それはちょっと、あまりにも無謀な気がするが、しかしこのビフテキにクリームというのは不思議においしい。妙においしい。やはり、さすがは、ビフテキ委員会のビフテキである。

それからさらに二十何年かの歳月が流れたのであった。その間に私はビーフシチューというものも知ったし、ヒレカツというものも知った。シャブシャブというのも噂だけでなく本当に食したし、牛肉のタタキというものまで知った。それらのものはむかしはまるでなかったし、あったとしても、ごく一部の人だけがこっそりと知られないように食べていたのだろうと思う。

まあそれはいい。そうやってさまざまな肉の味を知りながら、正しい肉、というか、純正なビフテキというのも何度か食べた。東京だけでなく肉の本場神戸で食べたビフテキさえある。何か高級な団体の会食やその他で、値段としては相当高価なビフテキも食べているはずである。しかしこの一九六二年のビフテキ委員会のビフテキほどに、おいしくて重量感のある充実したビフテキには出合ったことがない。

これは過去への思い入れや、自分だけの何か特殊な感情で言っているのではない。そういうエコヒイキで言うのではなく、味とボリュームの総合力、そのビフテキの物理的な実力だけで考えて、本当にそれ以上のものに出合ってないのだ。

私は何ごとも科学的に検証したいので、二十何年か後のこんにち、銀座のスエヒロ本店にそのビフテキを確かめに行った。

建物はそのままだけど、内装やそのシステムなどはやはり新しくなっていた。二階の、ビフテキ委員会が大テーブルを囲んだ部屋は、当時はそれ専門のワンルームだったと記憶するが、いまはふつうの四人掛けぐらいのボックスがいくつか置かれて、一般の庶民がなごやかに食事をしている。

ではというので注文することになったが、メニューを見てハタと困った。ビフテキ委ではメニュー抜きで、ずばりと最高のビフテキが出てきたのである。それに戦後四十年の民主主義多党化時代を反映して、メニューにはたくさんのビフテキが並んでいて、どれを注文していいのかわからない。いま最高というとフィレステーキということになっているが、あれはちょっと違う。分厚さではたしかに目を見張るものがあるが、面積が足りない。大きさを気にするようだが、食べものはやはり口中粘膜の反応だけではなくて、その物体の質量も重要である。

私はマスターに二十何年か前のビフテキを説明し、それに近いものを注文した。ジューッというビフテキが運ばれてきたが、何か違うような気がした。かねてより疑問だったアイスクリーム状のものとビフテキの関係を質問すると、もちろんという感じでビフテキの上にニュッと置かれた。それはスエヒロのオリジナルで、各種調味料を調合したメンテルドバターだと説明された。

さて、というので私はニッコリとして、あるいはニンマリであったかもしれないが、私はナイフを入れた。この瞬間にむかしはのけぞりそうになったが、いまは大丈夫だった。クリームの方は、かつて、

(ビフテキにアイスクリーム……)

と絶句したほどの新鮮さとは違うもっともな味だった。それらを全部総合しておいしいビフテキだった。それ一つで一万円札が飛んでいくほどの豪華さである。申し分なくおいしい。私は冷静にそのおいしさを味わった。しかし私にはその冷静であるのが不満だった。のけぞればいいというものでもないが、しかしもう一つ何かドカンと

したものが欠けているような気がする。私はセンチメンタルになっているのではないはずだけど。

世界一のステーキ

馳星周

9・11のテロが起こるまで、わたしはとある雑誌の企画で年に二、三度アメリカへ行って、アメリカの悪口を書いていた。ＬＡにラス・ヴェガス、サン・ディエゴ、最後に行ったのがテキサスだった。

テキサスは最悪だった。事前に喫煙可の部屋を予約していたのに、禁煙室しかないと言い張るホテルのフロント。その実、特別料金を払えば用意できないこともないとほのめかして、わたしを激怒させた。

ラス・ヴェガスに用事があってヒューストンから飛ぶ飛行機も予約してあったのに、席はないと門前払い。

「こう見えてもおれは日本の有名な小説家なんだ。金も多少ある。この街で一番の弁護士を雇ってあんたを告訴するからフルネームを教えてくれ」

そうまくしたてると、手品のように空席ができあがってチケットが発券された。

本当にクソのような国、クソのような州だった。同行していたカリフォルニア在住のアメリカ人カメラマンはなにかトラブルが起こるたびに「ここはアメリカで最も醜い州だ」と嘆いていた。

そんなわけだから、とっとと仕事を終えてとっとと日本に帰りたかった。

なのに編集者がこう言ったのだ。

「馳さん、今日は世界一のステーキを食べてもらいます」

なんで？　とわたしは半泣きの表情で訊いた。

取材もしたし、写真も撮った。世界一のステーキってなに？　馬鹿みたいにでかいんだろう？　それだけだろう？　筋だらけの赤身肉で噛んでるうちに顎が痛くなってくるあれだろ？　それが馬鹿でかいんだろう？　やだよ、やだ。おれは絶対に行かない！

「今までの取材だけじゃ誌面に足りないんです。それにもう予約しちゃいましたから」

編集者はわたしの懇願を冷たく突き放した。そうなのだ。やつらは普段は我々物書きを「先生、先生」とおだてるが、いざとなったら無慈悲な顔で我々に仕事をさせる輩なのだ。

駄々をこねても無駄で、わたしは車に押し込められ、ダラス郊外に連れて行かれた。

到着したのは二時間後。オープン直前の観光牧場だった。西部劇でお馴染みの昔の西部の小さな街が再現され、カウボーイ姿の男たちが働いている。駐車場ではスタッフが我々を待ち受けていた。その中に小柄な男がいた。料理人が着る白衣を着て、右手に巨大な肉の塊を抱えていた。

「我々の牧場へようこそ！」

巨大な肉を抱えた男が声を張り上げた。わたしの目はその肉に釘付けだ。

やっぱりだよ、やっぱり。あの岩石みたいな肉の塊を焼くんだ。それで世界一なんだ。単純なアメリカ人の喜びそうなことだもんなあ。

顔には笑みを浮かべていたが、心の中では泣いていた。

「君たちは日本人だって？　うちのステーキはコーベビーフにだって負けないぐらい美味しいんだ。期待してくれ」

コーベビーフ、つまり神戸牛だ。

なにを言ってやがるんでい、おまえらアメリカ人に和牛みたいな美味しい肉を作れるわけがないだろうが。

口を開くと本音が出てしまいそうだったので、わたしは英語があまり話せないふりをした。とにかく、肉がでかすぎる。あんなもの、だれが喜んで食べるというのだ。

世界広しといえどもアメリカ人以外にいないだろう。

小柄な料理人が肉を焼くまでの間（巨大だから焼くのにも時間がかかるのだ）、我々は牧場を案内してもらった。それからＶＩＰ用のダイニングルームに通された。大きな食卓にカウボーイ姿の男が四人座っている。写真用の演出だ。カウボーイに混じって、わたしが巨大な肉の塊に食らいつく。

「テキサスのカウボーイは毎日ステーキを食べるって本当かい？」

わたしは場を和ませるために口を開いた。みんなごつい身体にいかつい顔つきをしているのだ。食卓の写真なら笑顔が欲しい。

しかし、カウボーイのひとりが首を振った。

「おれたちは朝昼晩、一日三回ステーキを食べるんだ」

カウボーイたちがどっと笑った。それがテキサス流のジョークなのだ。やれやれ。

笑い声が収まると、肉が運ばれてきた。想像通り、料理人が抱えていた肉の塊がそのまま出てきた。ソースはかかっていない。塩と胡椒を振ってグリルで焼いただけの、文字通りのビーフステーキだ。

カメラのフラッシュが瞬く中、わたしはうんざりしながらナイフとフォークを手に取った。カメラマンの指示に従い、肉にナイフを入れる。

おや？

肉は軟らかかった。ナイフがすっと通る。おそるおそる肉片を口に入れ、わたしは瞠目した。

ジューシーで、旨味が凝縮されていた。塩胡椒だけで全然いける。神戸牛に勝っているとは言わないが、負けているわけでもない。

わたしの表情を見て、料理人が破顔した。

「どうだ、旨いだろう？」

「とても旨い。申し訳ない。ぼくはどうせたいしたステーキじゃないだろうと思っていたんだ。謝罪する」

「いいんだ、いいんだ」

料理人は笑ったままわたしの肩を抱いた。そして、カウボーイたちに聞こえないように囁いた。

「日本人ならぼくのステーキの味をわかってくれると信じてたよ。ここの連中ときたら、フレッシュな赤身肉のステーキが旨いと信じ込んでる。冗談じゃない。腐る寸前まで寝かせた肉がなによりも美味しいんだ。君ならわかるだろう？　ぼくはうちで出す肉を徹底的に管理してエイジングしてるんだ」

料理人はアメリカ人ではなかった。フランス育ちのドイツ人。若いときから料理修業をはじめ、とある大手ホテルチェーンがダラスにホテルをオープンするとき、総料理長として招かれて渡米した。三六〇度地平線というヨーロッパには絶対にない景観に惚れ込み、ホテルを辞めた後もテキサスにとどまっている。

「本当に美味しいよ、このステーキ」

わたしは言いながら、忙しなく肉片を口へ運んだ。ステーキはどう見ても二、三キロはあってすべて食べることは無理だったが、五百グラムぐらいはぺろりと平らげることができそうだった。

「ぼくはテキサスが好きだ」料理人は喋り続けた。「でも、残念なことにテキサス人はぼくのステーキの美味しさを理解してくれない」

「そうだろうね」

「君はフットボールは好きか?」

料理人はサッカーではなくフットボールと言った。

「もちろん。毎年ヨーロッパにフットボールを見に行くぐらいだよ」

「そうか。テキサスで残念なことはもうひとつ。だれもフットボールをしないんだ。テレビ中継もほとんどない」

料理人は本当に辛そうな表情になった。

「なあ、君。君もテキサスに住まないか?　君がステーキを食べに来てくれるなら作り甲斐があるし、フットボールの話もできる」

「遠慮する」

わたしは言い、ステーキを食べ続けた。アメリカにいる間、硬い肉ばかり食わされ続けていたのだ。悲しいドイツ人の焼いたこの美味なるステーキを目一杯食べて帰るつもりだった。

肉それぞれの表情

神吉拓郎

ステーキ（といっても、この場合は、ビーフに限るが）、それには、昔からいろいろな呼びかたがある。

「ステーキを食べたい」

という言いかたは、やはりどっちかといえば若い人たちで、私たち位の年輩だと、

「ビフテキを喰いましょうか」

ということになる。

出かけて行く先も、あのステーキ専門店よりも、レストラン風の味が目当ての場合が多い。

それが、時によると、

「テキを喰うか」

になる。つまり洋食屋ふうの味がなつかしくなった時だ。

さすがに、今では、ビフテキとか、ビフステキという表記はなくなったようで、ビフステキなどというと、〔ビフ素敵〕の連想があって、悪くないのだが、これも時代である。ことによると、われわれの、ビフテキという呼び名も、年下の連中にはひどく古風な響きかたをしているのかも知れない。私の場合でいえば、ステーキという英語がなまなまし過ぎて、使いにくいのだが、外国語がやたらに入ってくる若い人の日常会話のなかでは、ステーキぐらい、なんの違和感もなく納まってしまうらしい。対い合って同じ焼肉の一片を味わったとしても、ステーキを食べたと思う男と、ビフテキを喰ったと思う人の間には、感懐の上においても、腹具合においても、微妙な相違があるような気がする。

いったいに、ものを喰いに行く楽しみの大部分は、予想ないし想像というやつである。

ビフテキを喰おう、と思い立ったときから、食事はもう始まっているわけで、靴を穿いている間にも、胃の腑は、もう、準備運動を開始している。やがて対面する筈の御馳走に対して、あれこれと想像し、期待し、わくわくするのは、最高の前菜であって、これを抜きにして御馳走というのは成り立たない。たとえば、いい気分で寝ている男を、こっそり運んできて豪華な御馳走の卓に坐らせ、やっとばかりに叩き起して、さあ喰えと迫っても、その男は手を振って、もう少し眠らせてくれたほうが有難いというに決っているし、また、メシを喰ったばかりの男に、次の食事の相談をしても、生返事しか返って来ないのは、腹が一杯になると共に、想像力も涸渇してしまったからである。

とにかく、この、想像という前菜なしにメシを喰うのは、かなり不幸な状態といわなければなるまい。

よく、会社などで、仲間をつかまえて、

「おい、俺は昼メシ喰ったっけ」

と質問している男がいるけれど、いくら忙しいからといって、昼メシぐらいゆっくり喰う余裕は持ちたいものである。実は、私も一時これを連発した頃があって、われながらおぞましいことであると反省した経験がある。腹具合というのは妙なもので、空いていると思えば空いているようだし、食べた筈だと思えば、それらしい腹具合に感じられる。結局どうかというと、他人に聞かなければ確かなところはわからない。そんなことを続けていたら、身体にだっていいことはないし、食われた食べものに対しても一分が立たないような気がする。

友人に、イタリーに長いこと行ってた男がいる。

本職は声楽家なのだが、それ以前に、極めて人間味あふれる男で、私の見かたからすると、イタリー人よりイタリー的ではないかと思われる。

「向うで、そういわれなかったか」

と聞くと、

「そういう経験はないけどね。イタリー人によく道を訊かれたよ」

という。

その男が余興にやって見せる得意の演しものは、〔ローマのリストランテにて〕という一ト幕で、気が向くと、ごく内輪だけに限って、見せてくれる。

あるレストランに入った男が、メニューを開いて、料理の選択をするところから始まって、フルコースを喰うのを終始パントマイムでやるのだが、これがとめどなく可笑しい。

丁度、見ている私たちからいうと、ガラス窓越しで、声は聞えないという設定なのである。

案内されて、席につくところから終りまで、どこといって可笑しくない部分は一つもないが、一番の見せどころは、やはり、ビステッカ（ビフテキ）を喰うくだりで、あまりのかたさに、客が逆上するところである。

だいたい、外国のステーキ、特にイタリーのやつは、筋もなにもついたままのやつが通例だそうで、食べながらその筋を一本一本口からつまみ出して皿のふちに並べるのが普通の食べかただとその男はいう。

そんな具合だから、もし切れないナイフでも当てがわれようものなら大変である。肉はかたい上に筋金入り、押しても引いてもびくともしないのだそうで、よしんば金剛力を振りしぼって、やっと一片を切り取ったとしても、今度は、それを嚙み砕くのに鉄のような顎が必要という次第になる。

「だからね。イタリー人は、メシを喰うのに時間がかかるんだ」

と、彼はいう。そして、外人の強大な腕力と丈夫な顎は、メシを喰っている間に養われるのだと力説する。

「日本のボクサーもね。ああいうかたい肉を喰わせなけりゃ、強くなれないな」

たしかにそれは的を射た意見かも知れない。練習で鍛える以前に、外人は肉で鍛えた強い顎を持っているらしい。

しかし、馴れている筈のイタリー人でも、肉のかたさには内心悩んでいるらしくて、彼のパントマイム・ショウの、かたい肉のくだりは、イタリー人の仲間にいつも圧倒的なウケかたをしたそうである。

「それがね、日本へ帰ってくると、そこんところが、それほどウケないのね。共感がないんだ。それで気が付いたんだけれど、もう日本には、そんなにかたいステーキなんか出す店はないんだよ」

アメリカのステーキはかたいという人がいるけれども、その男にいわせれば、それでも、イタリーのステーキに較べれば、物の数ではないそうだ。そんな話を聞くと、そういうかたいステーキを一度食べてみたいような気になるから人間の心理というのは妙なものである。世界的視野に立って、というと、話が大袈裟になるが、わが国でステーキと称するものは、世界の常識からすると、似て非なるものなのかも知れない。

待てよ。

ここで、大きな疑問が出てきた。

日本的ビフテキ（というと、少々ややこしいが）と、本来のステーキとの本質的な違いは、どうもこのあたりにあるのではないか。

日本人の好むビフテキは、なによりも柔かさをまず追求したあげくの産物である。〔箸でちぎれる程の柔かさ。口に入れればとろけるような舌ざわりと、したたるほどの肉汁〕

これが、最高級のステーキに対する讃辞であって、どこにも、かたさとか、歯ごたえとかいう要素は入っていない。

考えてみれば、肉を限りなく豆腐に近づけようと努力しているようなもので、こうして、すでに、豆腐とはいえないまでも、高野豆腐ぐらいに近づきつつある牛肉は、牛には違いないが、牛肉の常識で語れるものなのだろうか。

日本を訪れる外国人が、日本の牛肉の柔かさに驚き、ほめたたえるのは周知のことだが、その一方で、日本のステーキの味を好まない外国人もまた少くないと聞く。

私の疑問を解く鍵は、このへんにあるようで、日本的ビフテキを好まない人たちが考えるステーキらしいステーキは、もっと別のものなのだろうという気がする。

これは全くの想像だが、肉を喰う喜びのなかには、ごく原始的な本能の一端である顎を使う喜びなるものが含まれていなければ、万全とはいえないのではないだろうか。

営々と顎を動かして、かたい肉を嚙み続ける。もしかすると、それがステーキを喰う醍醐味（だいごみ）なのかも知れない。そして、手剛（てごわ）いステーキを喰い得るということで、まだ強健な身体を持っていることの喜びを味わい、やがてステーキにてこずるようになったことで自分の人生の目盛りを見直すのだとすれば、ステーキのある決ったかたさは、やはり動かすべからざる意味を持ってくるのだ。

「とにかくねえ、やつらが昼寝をするのは当り前だよ。顎は草臥（くたび）れちゃうし、腹は一杯だし、まるで使いものにならないからなあ」

そのイタリー帰りの男は、そういう結論を下す。

とにかく、その男の場合、昼寝をしたあとで、発声練習をガンガンと何時間かやらないと、まるっきり腹も空いてくれない始末で、つくづく声楽家であってよかったと天に感謝したらしい。

そんな調子で、かたい肉に悩まされ続けた彼は、私が〔かたくてウマいビフテキ〕に憧れを持ったというと、鼻で嗤うのだが、柔かい結構なビフテキを食べ続けてきた私には、これ以上を望むとすれば、あとは〔本格の、かたいビーフステーキ〕しかないような気がする。

それを喰うには、やはり外国まで出かけて行くしかないだろうし、外国人が、極めつきのステーキと称するのを喰ってみて、もしそれがマズいものだったら、ビーフステーキという喰いものは、本来マズいものなのだとあきらめるより仕方がないといった心境なのである。

それはとにかく、最近どうも困ったことになった。

私のいちばんの奢りはビフテキの食べかたにある。

肉はサーロインがいい。

焼く前の下拵えその他は、料理の手引きに出ている通りなのだが、焼き加減が少々違う。

レア好みの人なら、あわてて引き上げるところを、そのまま焼いて、充分に火を通す。肉を引き上げたあと、アブラの部分を切り取って、もう一度アブラだけ焼き直す。そうすると、……考えただけでも、舌が躍るのだが、ステーキ・パンの中には、最高の肉汁が、たっぷりと出来あがる。

この肉汁を、炊き立てのご飯に手早く合わせて食べるウマさは、実に罰当りといいたいほどなのである。肉には目もくれない。

これを満喫したあとは、そら恐しい思いさえする。

そこで、私はいつも、悪魔祓いの呪文のように、大きな声で、

「こんなことをしていて、良いわけがない」

と、繰り返し唱えるのである。

しかし、いくら反省の意を示しても、やはり、罰はたちどころに下って、最近は、家のなかで、誰も、その肉のほうを食べてくれるのがいなくなってしまった。みすみす焼き上げた高い肉を棄ててしまうなんてことは、誰にも出来ないし、この頃ではやむを得ずレアのビフテキを食べ、わずかな肉汁を、ご飯のために割くという窮状である。ああ、昔日の栄華よいずこ、と思わず呟きたくなる。

これも、近頃になって強く感じるようになったことだが、ビフテキには、一枚一枚に、それぞれの表情というか、たたずまいというか、それに類したものがあって、目

の前に置かれた時に、それに気を取られる。

可笑しなことをいう、と思われそうだが、ビフテキには、ちゃんと右左もあって、手前と向うも決っている。これは、ベーコンで丸く巻かれたやつにもあって、据えかたが間違うと、どこかちぐはぐな眺めになる。

見て不自然な肉は、ナイフの入りかたも楽にはいかないようである。切るのに苦労しているときに、当の肉から拒否的な表情で眺め返されると、急に汗が出てくるように思う。

とんかつとカツレツ

池波正太郎

もう十七、八年も前のことだが、私の書いた〔渡辺崋山〕という脚本を、新国劇で上演したことがある。

これは私と、主演者の島田省吾氏が崋山が大好きだったことから生れた企画であったが、現在の商業舞台には、とても乗せられぬしろものであった。もっとも、いま読んでも、私はこの脚本が好きなのだが、暗くて地味な二時間何十分を、島田の力演が必死でささえ、

「ああ、もう……実に、くたびれます」

と、島田省吾が、げっそりと鏡台前でいったのを、いまにしておもい出す。

各紙の劇評は、さんざんであったが、その中で、亡き本山荻舟氏のみが、ほめてくれたときのうれしさは、当時、芝居の世界へくびを突きこんだばかりの私だっただけ

に、いまも忘れられない。

本山荻舟氏は、いまでいう〔剣豪小説〕の先駆者で、すぐれた劇評家で、さらに食味研究家として世に知られている。

私の亡師、長谷川伸の親友でもあって、いつであったか長谷川師が、私に、こんなはなしをしてくれた。

「むかしね、君。荻さん（本山氏のこと）といっしょに名古屋へ行き、用事をすませて、ぼくは名古屋泊り。荻さんは東京へ帰るというんで、夜ふけに、名古屋駅の前でさよならしたんだ。翌朝、ぼくが宿を出て駅へ行くと、荻さんはまだ待合室のベンチに腰をかけているじゃあないか。ぼくがおどろいて、荻さん、どうしたんです？……こういうとね、荻さんいわく。昨夜から此処で東京行の汽車を待っているうち、ついウトウトしてしまうと、汽車が入っている。あわてて駆けつけようとするのだが、いや待て、ここで急いで怪我をしてもはじまらない。つぎの汽車にしようとベンチへかけると、またねむくなる。つぎの汽車も、またつぎの汽車も、このくり返しで、とうとう朝になってしまった……と、こういうんだよ。あは、はは。さすがに荻さん、一刀流だね」

本山氏は食道楽が昂じて、ついに銀座で〔つたや〕という小料理屋をはじめ、みずから庖丁をとったこともあるが、

「それがね、うまくないのさ。荻さん、食いものの知識と講釈は群をぬいていたが、庖丁をとらせると、からきし、いけなかったねえ」

と、これも長谷川師のことばだ。

その、本山荻舟氏が、ポーク・カツレツについて書かれた文章に、

「……豚肉を好みの厚さに切り、形をととのえ、うすくメリケン粉をまぶした上に、つぶした鶏卵をぬりつけ、さらにパン粉をまぶし、熱した油でカラリと揚げる。油はラードがよい。わが国では大正十二年（筆者の生れた年なり）の震災後、ことに豚肉が流行し、折衷的にトンカツとよばれて独立した専門店が発生するに至った。皿に盛った付合せにはサラダ菜、キャベツ、トマトなどを用いる」

と、ある。

先ず、こんなところであろう。

なんといっても、私の、もっとも好む食べものがこれだ。

ところが、このポーク・カツレツなるものは、調理が簡単なようでいて、家庭でやるとなると、

「うむ……」

と、うなり声をあげるようなのは、なかなかにできない。

家で食べたいとおもうときは、私は、むしろ、肉屋で副業に売っているカツレツを

買って来させ、カツ丼にしてしまう。これが、いちばんよい。

ポーク・カツレツは、やはり専門的な調理設備のないところでは、うまく行かぬものらしい。

ポーク・カツレツ、またはトンカツ専門の店として知られる名店は、東京に、いくらもあって、それぞれにうまいし、また、それぞれに味が個性的なのである。

豚肉を揚げただけのものが、これほどに、店によってちがうものか……と、おもうほどにちがう。

だが、私が、もっとも好むポーク・カツレツは、銀座三丁目の〔煉瓦亭〕と、目黒に本店をかまえる〔とんき〕のそれである。

〔煉瓦亭〕のカツレツは、私が十四、五歳のころから食べつづけてきている。ここは他の料理もいろいろとできるが、なんといっても皿からはみ出すほどの大カツレツが名物で、私も若いころは、これを三枚は食べたものだ。いまは一枚でもいけない。カツレツの上を食べる。

この店の扉を開けたとたんに、ぷうんと鼻先へただよう香りこそ、まさに、戦前の、日本の洋食屋の、なんともいえぬ香りだ。

私にとっては、まことに貴重で、なつかしい、うれしい香りなのである。

狐色に揚がったやつにナイフを入れると、バリッところもがはがれる。これがたまらない。

ウスター・ソースをたっぷりかけて、キャベツも別に一皿、注文しておいて食べる。

ウイスキー・ソーダ二杯で、このカツレツを食べ、米飯を、ちょいと食べるのが、いつもの私のやり方である。

勘定、安い。

銀座の老舗の良心が、うかがえる。

つぎに、よく行くのは目黒の〔とんき〕だ。

あれは去年の三月であったか……四月の明治座の松本幸四郎公演に、久しぶりで〔鬼平犯科帳〕の脚本・演出を担当したとき、その顔寄せの日に、いまは亡き市川中車氏と久しぶりで会った。

中車氏の顔色は、冴えなかった。

病体をおして出演するのだという。

それをきいて私は、鬼平の舞台に出てもらうつもりでいた中車氏の役を、他の俳優に変えた。

中車氏は、翌月、国立劇場の〔髪結新三〕の大家で出演中に倒れ、亡くなられたが、その顔寄せの日に、二人して食べもののはなしが出たとき、

「トンカツは、どこで？」

と、中車氏がきいたので、〔煉瓦亭〕と〔とんき〕の名をあげたら、中車氏はぽんと手を打ち、

「〔とんき〕の他のトンカツは、みんなダメですよ」

と、いったものだ。

今は亡き市川中車礼賛(らいさん)の〔とんき〕のカツレツを、私が、はじめて口にしたのは、もう二十年も前のことだ。

当時の〔とんき〕は、まだ戦前のままに古びていた国電・目黒駅と背中合せにあった。

裏手は崖(がけ)で、崖の下に国電が通っていた。

バラック建の、小さな店で、表口から入ると鉤(かぎ)の手に食卓がまわり、その中で、小肥りの主人が、カツレツを揚げていたものだ。

まあ、こうした店であったが、中へ一歩入ると、まるで新築の木の香がにおうような、清潔な店であった。

いつ行っても、よくよく手入れがゆきとどいてい、その白木の食卓の内側に、半袖の白いブラウスに黒のスラックスというユニホームを身につけ、髪を白い三角巾でお

おった乙女たちが、いそがしく立ちはたらきながら、客の接待をしていた。

このスタイルは、二十年後の今日も変っていない。

〔とんき〕では、ロースとヒレと、串のカツレツのみしか出さない。

多くの料理を増やすことによって、ほんらいの売物への神経が散ることをおそれているのだ。

ここのカツレツは、どちらかといえばトンカツ風で、ソースも自家製のとろりとしたものを出すが、カツレツの厚さは、銀座の〔煉瓦亭〕より少々厚みがかっている程度だ。私は、あまりに肉の分厚いカツレツを好まない。

好きずきであるけれど、厚い肉をじっくりと、やわらかく揚げると、いかな店のそれでも、あぶらのにおいがついてしまう。

こうした点、〔とんき〕のカツレツは、あぶらの煮え加減や揚げ加減に、じゅうぶん神経をつかっているさまが、客の眼から、はっきりと見てとれる。

「なるほど、これだから、家庭ではうまく行かぬはずだ」

〔とんき〕へ行くたびに、私は、いつもそうおもうのである。

近年になって……。

目黒駅が大改築をしたため、〔とんき〕は、少しはなれたところへ移り、店舗をひろげた。

前の店の、四倍はあるだろう。

それでいて、すべてが二十年前と、すこしも変らぬ。

接待の乙女たちの数も増えたが、この中で、感じのわるいのは一人もいない。

新鮮なキャベツが、客の皿になくなると、たちまちに見て走り寄り、おかわりのキャベツをもりつけてくれる。

このおかわり、無料である。

入ったときに、念を入れて洗いあげたむしタオルが出される。

食事が終ったとたんに、もう一度、はこばれてくる。

彼女たちは、いかにも仕事をたのしみ、前途の希望に胸をふくらませているかのように見える。

若さが、ピンク色の肌や、ダイナミックな動作に潑剌と躍っている。

こんなはなしがある。

五年前に一度、この店へ来てカツレツを食べた客が、五年後にやって来、同じ女店員が何人も残ってい、五年前と同じように生き生きとはたらいているのを見て、びっくりしたというのだ。

中車氏いわく、

「そりゃあ、あそこのトンカツもよござんすけれども、何より、女の子がいい。あれにはまったく、目をみはりますねえ」

くわしいことは何も知らぬが、これは〔とんき〕の主人が、よほどすぐれた人物なのであろう。
十六、七歳で来た女の子が、二十三、四歳になるまで、懸命にはたらき、それ相応の年ごろになると、結婚をしたり、支店の責任ある地位をまかせられたりする。
これは、男の店員も同様である。

たまさかに、自由ヶ丘をはじめとする諸方の支店へ入ると、むかし本店ではたらいていた店員が、責任のある仕事をまかせられているのを、しばしば見ることができる。

私は、いつもビール一本に、ロース・カツレツ。それに香の物と飯にするが、これで、むろん千円以下だ。いま、はっきりとわからぬが六百円前後ではあるまいか。

安くてうまいカツレツを食べ、いかにも女そのものである彼女らのすぐれた接待をうけるのだから、どんな客でも満足してしまう。

常客の一人が、いつか、こんなことをいった。

「もう、ここへ来たら、バカバカしくて酒場やクラブへは行けませんよ」

うなずけないこともない。

あえて、この店が、東京中の食べもの屋の中の〔名店〕といいたいのも、この乙女たちのサービスがあるからだ。

新しくなった本店も、他の支店も、

「以前と少しも変らぬ味と気分を損わぬ」

というのは、いまどき、めずらしいことだ。

激動ただならぬ現代に、この〔とんき〕へ入ってカツレツを食べていると、まだまだ何となく、

「未来が信じられてきますな」

といった常客もいる。

〔とんき〕の主人は、人間と人間社会というものに、何か一つ、うごかすべからざる〔信念〕をもっているにちがいない。

店員たちも、そして、いつも大入り満員の客たちも、主人のおもうままにうごき、たのしく、みちたりたおもいになるのである。実にふしぎな……。

いや、私にとっては、ふしぎでならない店なのである。

味噌カツ

向田邦子

東海道新幹線で岐阜羽島駅をおりると、嫌でも駅前広場の某政治家夫妻の銅像が目に入ってくる。

私は夫妻ということにびっくりしてしまった。

某政治家が、選挙区である羽島に新幹線を停めるのに力があったことは聞いていたが、銅像が建つところをみると、夫人のほうも貢献しているらしい。

令夫人も一緒というのは、文化勲章などを受けたときの宮中参内や園遊会のときぐらいかと思っていたが、夫妻揃って銅像になるという例もあるのだ。

それにしても、あちこちの銅像を考えてみても、夫妻一緒というのは寡聞にして知らない。楠木正成も太田道灌も一人で建っているし、外国の例を考えてみても、スエズ運河をひらいたレセップスにしても、運河のほうに忙しくて独身だったのか、やはり単身である。

お供がくっついているのは、サンチョ・パンサを連れたドン・キホーテと、犬を連れた西郷サンだけである。

そう考えると、岐阜羽島駅の夫妻の銅像は、男女同権そのものとして世界に冠たる劃期的なものかも知れないと感心をした。

駅前でタクシーをひろい、岐阜市へ向って走ると、もうひとつ目につくものがある。

「味噌カツ」

という看板である。


「味噌カツ」

「味噌カツ定食」

一軒や二軒ではないのである。次々に通り過ぎるスナックや食堂のほとんどにこの看板が出ている。

「味噌カツってなんなの」

運転手さんに聞いてみた。

「お客さん、味噌カツ、知らないの」

運転手さんは二十三、四の若い人だったが、物を知らないねえ、という風な笑い方をした。

「簡単なもんだよ。カツの上に味噌のたれがのっかってるだけだよ」

「おいしそうねえ」

「うまいよ。第一、匂いがいいしさ、カツだけよか飯は倍いくよ」

お客さん、どこから来たの、と聞き、

「そうか。東京の人は味噌カツ知らないのか。そういやあ、よその人間、みんな知らないなあ。この辺だけのもんかなあ」

そういいながら走る間にも、一、二軒の味噌カツの看板が目に飛び込む。

私は、もうすこしのところで、

「停めて頂戴(ちょうだい)」

と言いそうになった。

停めてもらって、味噌カツというのをたべてみたいと思ったのだ。新幹線の食堂で、あまりおいしくない昼食を済ました直後だが、ひと口でもいいから食べたい。

だが、雑誌の取材の仕事で行っているので、先方の旅館で岐阜名物の食事の用意があるらしい。

我慢をして走り過ぎ、あとは決められたスケジュールにしたがって、名物料理の鮎などを頂いたわけだが、おいしく頂きながら目の前にチラつくのは「味噌カツ」の四文字なのである。

食事前のひととき、喫茶店で休むと、バスの運転手さんらしき人が、味噌カツ定食を食べておいでになる。

なるほど、カツに黒い味噌のタレがかかっていて、油と味噌の一緒になった香ばしい匂いがプーンとしてくる。

「ああ食べたい」

生唾(なまつば)を飲みながらお預けをくらい、私がやっと味噌カツにありついたのは、二日間の日程を終え、新幹線にのる直前の岐阜羽島駅内の食堂であった。

おいしかった。

八丁味噌にミリンと砂糖を加え煮立たせたものを、揚げたてのカツにかけただけだが、油のしつこさを味噌が殺して、ご飯ともよく合う。

これぞ餡(あん)パンに匹敵する日本式大発明、いまに日本中を席巻(せっけん)するぞと期待しながら東京へ帰ってきた。

ちょうど去年の今頃のことである。

あれから一年たった。

気をつけているのだが、一向に味噌カツの名前を聞かない。

どうも、流行(はや)っているのは、岐阜一帯で、それより西へも東へも伸びていないらしい。

フラフープやダッコちゃん、ルービック・キューブのように、アッという間に日本中に流行るものもある。

いいなあ、面白いなあ、というものでも、さほどひろがらないものもある。

どこに違いがあるのだろうか。

随分前のことだが、バンコックに行ったときは、カラータイツが大流行していた。夏の盛りだというのに、若い女はみなカラータイツをはいていた。日中は三十五度から四十度になるというのに、涼しい顔をして、足首までキッチリとおおったタイツ姿で往来を歩いている。こっちはムームー姿でぐったりとしているというのに、流行というのは何と偉大なものかと感動したが、次の年に行った人に聞いたところ、「やはりあれはスタレたようですなあ」ということだったから、涼しい顔はおもて向きでやはり汗疹(あせも)など出来たのかも知れない。

バンコックでカラータイツがはやって、どうして東京で味噌カツがはやらないのだろう。

やはりテレビで、松田聖子やタノキンの連中が、味噌カツの歌でも歌ってくれないと駄目なのだろうか。

現代は、歌とファッション、テレビの人気者、ＣＭがくっつかないと、流行にならないらしい。

仕方がない。私はひとりで味噌カツをつくり、ひとりで食べてみた。岐阜羽島駅の食堂で、新幹線の時間を気にしいしい食べた味とは少し違うような気がしたが、まあまあ似たようなものが出来た。

せめて私の廻りだけでも流行らせたい、ＰＲのために味噌カツ・パーティを催したいと思ったが、この半年ばかり、我が家は散らかし放題で、特に居間は、未整理の手紙、スクラップすべき週刊誌や本の山で足の踏み場もない有様である。

仕事が一段落して、大片付け大掃除をしないことには、とても他人様をお招きすることも出来ない。この分ではせっかくの味噌カツも、あたら岐阜地方だけに埋もれるのではないかと気がもめる。

夫妻揃っての銅像は流行らなくてもいいから、というのは多分に嫁(ゆ)きおくれのひがみも入ってのことだが、おいしい地方の料理は、食いしん坊に知らせてあげたい。そう思ってやきもきしている。

冬でも夏でも、たんてきに、足が冷たいんである

川上未映子

ひさしぶりに脂っこいもの食べたいなあ、なんて思って百貨店のレストラン階へ行って最初に目についたとんかつ屋さんに入ってみた。お昼間なのにうんと照明がおとしてあって、その陰翳(いんえい)になんだか醸しだされる高級感、のわりにそんなに値段は高くなく（高いのもあったけど）、写真つきのメニューを見るだけで食欲はうずまき、今なら無限に食べられるな、あれもこれもという気持ちをぐっとおさえて、オーソドックスな「ミックス御前」というのを注文した。

目の前にどんとおかれたおしゃれなおおぶりの鉢には「ほ、ほんもの？」と思うほどにみずみずしすぎるキャベツが盛られており、ご自由に、好きなだけ、お食べくださいとある。健康に、というか食べ物に、とても敏感に生きていた友人がいつだったか、「色のついていない野菜は食べてもあんまり意味がないねんよ、しかも温めてな

いと、冷えるだけやし」と言っていたのを、わたしはなぜなのか野菜を見るとほとんど反射的に思いだす癖がある。あんまりスーパーには行かないけれど、できるだけ色の濃い野菜が大事なのだと、いつのまにかわたしもそんなふうに思うようになってて、そんなわけでたとえばキャベツなどはわたしの日常にほとんど、というか皆無的に登場しない。冷たいままでしゃきっといただく千切りなどはとくにそう。なのでこんなにきれいに、ドレスアップというと変だけど、まあハレの装いの雰囲気で目の前にこんもりと現れたキャベツの膨らみをじっと見ていると、思わず手にとって頭にぽんとのせて飾りにしたくなってしまう。それからああこれは食べ物だったと思い直し、キャベツだったと思いだし、それから空腹を思いだして口いっぱいにほおばるのだった。

独特の冷たさと甘みがあって、いくら友達が栄養価が低いし体が冷えるんだよ、と言ってもここだけにしかないおいしさというのはたしかにあるのだなあとそんなことを思いながら、わたしはキャベツを噛みつづけた。今はもういないその友達は、思えば高校生のころから、食べ物についてのこだわりというか、思うところがあって、登下校のときなどによくそんな話をしてくれた。

わたしは大阪出身だから、いわゆる「粉もの」を食べる機会がわりと多くて、たとえばお好み焼きなどにはキャベツは不可欠。けれどもその彼女の家ではもちろんキャベツは使わずに、かわりに春菊を入れるのだときいて驚いた。ほかにも、白いものは食べたらあかん、たとえば白米も、あんまりあかん。砂糖も茶色いのしかあかんし、炭水化物はじつは体はそんなに求めてない。パンだって、何が入っているのかちゃんと調べて、マーガリンなんてとんでもないよ、バターをちゃんと使わなあかん。お出汁だって、無添加のものを。お肉は鶏肉。冷たいものも、飲んだらあかん。今食べているものが、何十年か先の体をつくるのやよ。

今でこそ、マクロビオティックとか自然食品とか（そういうの、未だによくわからないけれど）が一般的になってきて、興味はなくてもなんとなく耳にするようになったけれど、彼女の育った家ではそういうのが流行るまえ、広まるまえから当然のこととしてあったよう。ラーメンとかハンバーグとか焼き肉が食卓にでてくるわたしの家の当然との違いに、へえ、なんていって笑いながらも、そんなこだわりみたいのがありすぎて、しんどくないのかなあなんて思ってみたり、そういうのはお金持ちだからできるんだよなとか思ってみたり、それに思春期のことだから、そんなにまでして長生きしたいものなのかなあ、なんだかそれってさもしいような気がしないでもないよなあ、なはんて愚にもつかない刹那的なことを思ったりしたものだった。

それに彼女は、食べ物のほかにもまだ十代の若いころから手足が冷えてしまうことをどこか本当に恐れているところがあって、夏でもいつでも靴下をちゃんとはき、冬にはたくさんカイロをもって、スカートの下にも必ずジャージをはいていた。とくに冬の彼女は足首を冷やしたら最後、みたいな剣幕に満ちていて、ただでさえ汗ばっかりかくし、熱いものを飲む時間も手間もまどろっこしいし、氷かじるのが好きだし、それにそもそも冷えるなんてことの意味が当時まったく理解できなかったわたしを彼女はまるで悲劇でも見るように眺めていたし、わたしも彼女のそういった部分をとても不思議な気持ちで眺めていた。

けれども時間というものはいつだって知らぬまに色々なことを変化させて、冬でも暖房をつけず、手袋もつけず靴下もはかず、カイロなんてもったことなかったわたしも、30歳を超えたとたんに「冷え」というものを体で直観できるようになってしまった。

たんてきに、足が冷たいんである。その冷たさはただの冷たさではなくて、放っておくとなんだか取りかえしのつかないことになってしまうのじゃないかと思ってしまうような冷たさで、あわてて厚い靴下を手に入れてそこに足を入れてみても、一度とらわれてしまった冷たさは見えないどこかに蓄積されて、それがよくないことにどんどん繋がっていってしまうような冷たさで、それがしんしんと降り積もるように、元気をなくす。冬でも夏でも、それらはお湯につけても離れてくれない。これが冷えなのか、となかば感心する気持ちもあったけれど、二年三年経つうちに、日常的な問題になってしまった。おしゃれにはもうかかせなくなったレギンスだって、足首がでてるからはくのを躊躇(ちゅうちょ)してしまう。たった数年のあいだにこんなに変化してしまうなんてなあ、だとしたら、なんてそこから何かを考えたいのだけれども、手足が冷たくてあらゆる意図が縮んでしまう。そんなことをぼうっと思い巡らしながら、とんかつを食べた。ジューシーで、かりかりとしていて、独りで食べてもおいしいものはおいしいのだと、そんなことを思っていた。

しだいににぎやかになってきた店内、隣の席には六十代くらいのご婦人のふたり組が、やはりとんかつを注文しておいしそうに食べていた。ふたりともおしゃれで、お化粧だってちゃんとしていて、平日のお昼間のひとときに買い物をして、それから、昼食を楽しんでるんだなあ、なんて見たままのことを感じながら、わたしもとんかつを食べつづけた。

気のあう女友達とのおしゃべりは、ちょっとほかに類をみないほどの楽しさとうれしさがある。そのおふたりもたびたびお箸が止まってしまうほどにたくさん笑って、おしゃべりをしていて、それからまた大きな声で笑って、お皿のうえのとんかつはなかなか減らない。メニュー立てを挟んですぐ隣だから、わたしまで一緒に食べているような錯覚をして、話に思わずあいづちを打ってしまいそうになって、心の中であっと思う。

しばらくして、ふたりが熱心に話していたのは「生姜」についてで、ひとりがひとりにむかって、生姜というものがどれだけ凄いちからをもっているのかについて、説明をしていた。生姜ほど免疫力を高めるものってないのよ。騙されたと思ってね、一日にひとかけ食べるだけで、凄いのよ。ほんとはもっと食べたほうがいいけれど、でもね、ほら今ってチューブに入ってるの売ってるじゃない。あれは便利だけどやっぱりあれじゃなくて、ちゃんとなまのね、生姜をね、ちょっと面倒だけどちゃんとすってね、お湯でもお味噌汁でも、なんでもいいから入れる癖をつけてね、したらね、ほんとに体が温まってね、そりゃあなた全然違うわよ、もうなんにでも入れる癖をつけてね、そうしなきゃ体冷えちゃうからね、でも全然違うわよ、習慣にしたらもう手足が全然違うのよ、ああでもね、肝心なのが、生姜は冷たいものでとっちゃだめよ。必ず温かいものを一緒にとらなきゃ、逆の作用になっちゃうのよ、冷えちゃうのよ。病気は冷えからくるんだからね、免疫低下も冷えからくるのよ、だから、生姜は温めるのが絶対なのよ、そうしたらもうぽかぽかよ、免疫力があがって、背中も顔までぽかぽかして、ほら朝起きたら一番に、お湯に生姜すって入れて、蜂蜜たらして飲めばいいわよ、そしたら一日安心よ。よく混ぜてね、ね、おいしいわよ。

わたしはとんかつを食べながら、ひとりがひとりにむかってまだまだ熱心に話しつづける声をききながら、あのまま何事もなく過ごせていたなら、あのまま何事もなく時間を、年を、重ねることができたなら、わたしたちも、きっとこんなふうに今でもお昼ごはんを一緒に食べて、あれやこれやととりとめのない話をしながら、大きな声で笑って、そして彼女は生姜についてこんなふうに話してくれていたのかも知れないなあ。生姜やで、生姜食べや。うーん面倒くさいなあ、すったりすんの。なんでよ、免疫力やから。冷えたらあかんのやで。長生きしやな。うんわかった。なはんて曖昧な返事して、それでふたりで生姜湯をつくってならんで座って、それで一緒に飲んだだろうな——なんてことを思いながら、とんかつの最後のひときれを口に入れた。

ビフテキとカツレツ

阿川弘之

紅書房社長の菊池洋子さんから手紙が来て、用件のついでに一つ、お問合せがあった。

「『波』に御連載の色んな家庭料理、例えば木樨肉、美味しそうだなと思って拝見しているのですが、あれ、実際に御自分でお作りになるのでしょうか」

御当人に意地悪のつもりが無くても、これは相当意地の悪げな質問である。慌てて、概ね次のような返書をしたためた。

「今の私は、老いたる王、長島と同じく、叱咤称讃批判激励取りまぜて、命令し指導する立場であります。選手の出来が悪いと、腕組みしてふくれ上ります。昔は、若き日の王、長島と同じく、バット振るってヒットを飛ばした経験もあるのですが」

ヒットの一つは我流のフィレ・ミニョンである。台所でそれを焼いているところが写真入りの談話記事になって、東京新聞に掲載されたこともあった。

昔のもっと昔は、フィレ・ミニョンとかサーロイン・ステーキとかいう名称すら知らず、単に「テキ」として味を覚えていた。明治初年生れの父親の言い方に倣えば「ビステキ」、これが戦時中のある時期から、並の手段では口に入らなくなる。食えない物には憧れがつのる道理で、勝利の生活スローガン「贅沢は敵だ」を聞かされた小さな子供が、ビフテキのことかと思う漫画があった。子供は確かフクちゃんだったと記憶しているので、鎌倉へ電話を掛けて訊ねてみたら、

「僕はそんなの描いた記憶無いなあ」

横山隆一翁に否定されたが、もう一つ覚えているのは、政府軍部の作った標語を「贅沢は素敵だ」と言い換えて、ひそかに鬱憤を晴らす「非国民」どもがいたことである。当時海軍の初級士官だった私と雖も、これは「非国民」の味方をせざるを得なかった。美味に対する渇仰は、みんな大変強かった。

やがていくさが終り、負けた日本は少しずつ立ち直って、ビフテキぐらい誰でも、そう無理算段せずに食える時代がやって来る。ただ、その頃、レストランへ入って「テキ」という言い方をする人は、もう無くなりつつあった。新聞社のカメラマンの前で貧乏作家の料理談義も、フィレ肉ステーキの焼き方について、それが戦後十三年目か十四年目のことだったと思う。

以上、実は前説（まえせつ）、つい此の間、久しぶりに自分でフライパンを握ってみる気になった、その話を書くつもりである。紅書房菊池洋子さんと手紙のやりとりの後、「男の食彩」十月号の記事を見て、突如「昔とった杵柄（きねづか）」を思い立った。「男の食彩」はNHKテレビの料理番組用副読本のような雑誌だから、レストラン名も学校名も伏せてあるけれど、銀座のフランス料理店シェフ十時亭（とときとおる）という人が、調理専門学校の校長服部幸應（ゆきお）氏と、如何にしてステーキを上手に焼くか、語り合っていた。そのコツの中に、二、三箇所、「ほほう」と感嘆するところがあった。特に興味を惹（ひ）かれたのが、ステーキ肉を、焼く前ほんのちょっと煙で燻（いぶ）す調理手順、これはやってみたいし食べてみたい。

　早速牛肉を買いに行くことにした。ステーキの旨（うま）い不味（まず）い、大半は肉の質によるとかねて考えているし、いやしくも「王、長島」が台所に立つ以上、いい加減な物は使いたくない。某デパートの地階に人形町の「今半」が店を出していた。百グラム三千円のサーロインの大きなかたまりの前を、私は横眼使いに往（い）ったり来たりした。ポンドで計算すると約一万三千円、ドルに換算して１２０ドル、アメリカ人なら０が一つ多い、間違いじゃないかと言うだろう。余談だが、芥川龍之介の遺稿「或阿呆（あるあほう）の一生」の中に、「一人前（いちにんまへ）三十銭のビイフ・ステエク」と、その上に「かすかに匂（にほ）つてゐる阿蘭陀芹（おらんだぜり）」の記述がある。阿蘭陀芹はパセリである。昭和二年、パセリを添えて三十銭で食えたテキが、昭和七十四年の今、材料費だけで少くとも一人前六千円かかる。高いからといって、薄くするのはいやだ。ついに「えいやッ」と決心して、

「これを此のくらいの厚さに、ステーキ用に二人分」

目方を計ってもらい、一万円札二枚差し出した。燻製用の桜のチップは、東急ハンズで手に入り、必要な物これで全部揃った。

燻す時間はほんの十秒あまり、それ以上やると薫煙の香りが鼻につくそうだ。ぼろぼろにほぐしたチップにガスで火をつけ、煙を出し始めたのをアルミ箔でくるんで、支那鍋の底へ置く。塩胡椒したばかりのステーキ肉を、中の金網の上へ載せて熱い支那鍋に蓋をし、

「時計の秒針見てろ、秒針。バターとサラダ・オイルは出してあるか」

厨房の騒ぎが多少「奥、血止め」に似て来るけれど、あとはそう難しくない。つまり、テキストを見ながら、大体は昔通りの我流でやる。十時服部両専門家の指示に違背したのは、にんにくを使ったこと、フライパンに残ったつゆへ少量の醤油を入れ、じゅッと言わせてステーキソース代りとしたこと、つけ合せは芥川の阿蘭陀芹ともちがう例のクレソン、英名ウォータークレス、和名阿蘭陀芥子とレモンだけに限ったこと、右の三点である。此の、半ば「男の食彩」流半ば当家流のスモークステーキ・ミディアムレアは、非常に美味しかった。村井弦齋著「食道楽」では、中川お登和嬢が、

「料理人の腕前を顕すのはビフテキにあるのです」と言っている。「外の込入った料理は面倒な代りにアラが知れませんけれどもビフテキの味を出すのが料理人の一番六か敷い仕事です。ビフテキが上手に焼ければ料理法の卒業證書が出せます」

私のやり方で、果して卒業証書がもらえるものかどうか分らないが、又作ってみようと思う。ただし女房には、

「後片づけする身にもなって下さいね」

と、歯止めをかけられている。

テキと来ればカツとなるのが、私ども日本人の常識であろう。「敵に勝つ。ああ食べたいなあ」というフクちゃん風（？）嘆きの語呂合せを、戦争中よく聞かされた。若い人は知らないだろうけどと思っていたら、今も受験生やスポーツ選手の間で通用しているらしい。試験の前夜、試合の前夜、「敵に勝つ」まじないとして、ステーキとカツレツが好まれるのだという。

カツレツにも色々ある。その中で我々に一番馴染みの深いのは、やはりとんかつ、上野界隈だけで「蓬莱屋」とか「本家　ぽん多」とか、此の和風カツレツの老舗が何軒もあるし、銀座には「珍豚美人」というとんかつ屋があった。豚の顔した芸者が三味線を弾いている絵を、看板に掲げていた（本名「梅林」で今も営業している由）。

目黒の「とんき」は、畏れ多くも先帝陛下の侍従長入江相政さんが愛好した店で、入江さんの随筆に此処のとんかつのことが出て来る。井伏鱒二訳「ドリトル先生アフリカゆき」の中にもとんかつが出て来る。犬のジップが役立たずの豚に向って「トンカツの生きたの！」と罵る場面を、井伏さんらしい名訳と、感心して読んだものだが、一体その部分、原作ではどうなっているのだろう。英国人ヒュー・ロフティングに、とんかつ乃至ポーク・カツレツを食う習慣があったのかどうか。

　トンカツの次はビーフカツ、これ亦明治以降日本食の仲間入りをしてしまった感じがあり、とんかつ同様好物だが、こんにちまでの長い生涯に私が最も旨いと思ったカツは、実のところある種のチキンカツなのである。パリ十六区のアヴェニュ・モザール（モーツァルト街）に、「ニチェヴォ」というロシア料理屋があった。曰くありげな亡命ロシア人の経営する店で、出される料理みな佳くて、一九五六年秋、僅か三週間ばかりの滞在中、度々夕食に通った。鼠色した大粒のキャビアの生クリーム和え、上に卵黄一つ載せた馬肉のタルタル・ステーキ、コーカサス風シャシリック、それら私の気に入りの品々の中に、キエフ風のチキンカツレツ「コットレット・ア・ラ・キエフ」があった。

　揚げ立てのこんがりしたのを皿に盛りつけて、給仕がテーブルへ運んで来る。ナイフを入れると、中から熱い液状のバターが勢いよく噴き出して、狐色美しいカツレツのころもをじっとり濡らす。それが実に旨かった。察するに、冷めたいバターの固りを雞（とり）の手羽肉で包み込んで、小麦粉をまぶし、とき卵につけて、生パン粉の中へ転がしたのを、油鍋で揚げるのである。切った時、勢い余ってバターがナプキンや客の服へ飛び散るようでは困るし、べとべとと滲（にじ）み出る程度では風趣も風味も落ちる。その手加減が難しいらしかった。むろん、バターも雞肉（けいにく）もオイルも、選び抜かれた物を使っていただろう。

　帰国したのが同年暮、それから三年後に、中央公論社が「世界の家庭料理」シリーズの刊行を始める。これの西洋料理の部「Ⅱ」に、ウクライナはキエフ地方の郷土料理として、「キエフスキエ・カトレートゥイ」（キエフ風カツレツ）の作り方が詳しく出ていた。

「あったぞ、おい」

　というわけで、うちの「選手」になつかしのパリのチキンカツを作らせてみたが、どうもうまく行かなかった。東京のロシア料理店のメニューにこれを見出（みいだ）して、註文してみたこともあるが、やはり「ニチェヴォ」の味に遠く及ばなかった。

　ちょうどその頃、某月刊誌の「フランス文化とフランスの食べものを語る」という風な座談会に参加した。画家の宮田重雄（しげお）さんや彫刻家の高田博厚さんや、戦前からのパリ通と並んで、何故私が出席を求められたのか、多分、ヨーロッパ諸国を戦後見て

来た文士は未だ珍しかったのだろう。身の程弁えて発言を控えていたが、あんまり黙っているのも変だから、

「僕がパリで旨いと思ったのは、名代のフランス料理の店より、むしろ『ニチェヴォ』というロシア料理屋でしたね」

そう言ったら、宮田さんと高田さんが、

「君、フランス語も出来ないのに、どうしてあんな店を知っているんだ」

と、ひどく驚いた様子であった。「勘で分るんです」、自慢してみたかったが、実際はパリの米国大使館在勤のアメリカ人に教えられたのである。

詩人谷川俊太郎さんの友達でダニエル・メロイという、日本語の上手な米人がいた。戦争中はキーンさんやサイデンステッカーさんと同じ米海軍の語学将校で、戦後外交官になって来日、谷川俊太郎と識り合い、俊太郎さんの紹介で私とも友達のような関係になった。此のダニエルが、一年間の米欧遊学へ出立する私に、「パリへ行ったら、僕の兄のフランシスがいるから、訪ねて何でも頼んだらいい」とすすめてくれた。おすすめに従って米国大使館訪問、尋ねたのが「何処か少し変った美味しいレストラン御存じありませんか」、そんならと、地図書いて教えてもらったのが「ニチェヴォ」、後年フランシスが東京へ来た時、私は御礼に鰻を御馳走した。弟のダニエルは、その頃もう日本にいなかった。

それから間もなく、フランシス・メロイ（Francis Meloy）はレバノン大使になって、中東紛争に捲きこまれ、一九七六年ベイルートで暗殺される。兄のあとを追うようにして、弟メロイも翌年亡くなる。水死事故であった。

「ニチェヴォ」ももう無い、——と思う。ミシュランの一九九九年版パリ・レストラン・ガイドに出ていないそうだ。昭和三十八年（一九六三）パリ再訪の機会が生じ、アヴェニュ・モザールに七年前の店を探しあてて、「コットレット・ア・ラ・キエフ」を食べたのが最後になった。ただし此の時、すでに経営者が替っていて、味が昔の味とちがい、私は失望した。したがって、本当に旨いチキンカツレツには、残念ながら四十三年間二度とめぐりあっていないのである。

昔のトリ

佐藤愛子

同年代の友達と食べものの話をすると、必ず昔の××はおいしかったわねえ、という話になる。昔の大根、昔の胡瓜、昔の茄子、昔の葱、昔の卵、昔の鰻、昔のトリ肉……と、どんどん出てくる。それから今の若い人は可哀そうだわ、本当の味というものを知らなくて、という意見と、いや、幸せかもよ、こういうものだと思って満足して食べてるんだから、という意見に分かれる。

しかし、よく考えてみれば昔は何もかもがおいしかったかというと、必ずしもそうではなかった。昔のトリ肉はおいしかったというが、私の記憶では、我が家でのトリ鍋の時は、うまいかまずいかよりもまず、かたいか柔らかいかが問題だった。

「あッ、今日のは柔らかだよ！」

最初の一キレを食べた父が大発見でもしたようにいうと、母は「よかった、よかっ

た」と弾んで私たち子供の皿に取り分けてくれたものだった。牛肉もそうだった。父はナイフを握って皿のステーキと格闘しつつ、

「なんだ、この肉は！　まるで古草履だ！」

と叫んでいた（今なら「靴の底」というところだが）。そんな話をすると友人たちも口々に、確かにね、かたいことはかたかった、と認める。しかし、しっかり嚙んでいるうちに、だんだん味が出てきて、確かにこれはトリの味だ、と思えてきたわ。それにくらべると今のトリは柔らかいのが取柄、トリ本来の味なんて何もないわ、とやっぱり「昔のトリ」の肩を持つ。

本来の味？　私にはそれがどんな味だったか思い出せない。嚙んでも嚙んでも繊維がこなれず、いつ呑み込めばいいのかわからず、吐き出すと「勿体ない」といわれるから出すわけにもいかず、困り果てたことしか憶えていない。そんなトリや牛肉を食べなければならなかったのは、あるいは我が家の経済事情によるものだったのかもしれないが。

「滋養だけ吸うといたらよろしいのや」

と手伝いのおばさんはよくいっていた。あのトリ肉をもう一度私は食べてみたい。

焼きトリ

内館牧子

私は世の中でいちばん美しい男は、五月の川風に吹かれながら歩く力士だと思っている。

これは美しい。

とてもじゃないが、この世のものとは思えない。私はいつでも、

「力士は彼岸の美男」

と言っているが、まさにそのとおりだと実感する。

たっぷりと大銀杏（おおいちょう）に結いあげた力士が、隅田川の川風に浴衣（ゆかた）をひるがえし、草履（ぞうり）をシャッシャッと引きずって歩く姿は、幾度見ても惚れ惚れする。少し離れて付き人が風呂敷包みを持ち、下駄をカラコロ鳴らして従う図がまたいい。

私は大相撲とプロレスとボクシングが好きなのだが、特にプロレスのことは二年ほ

ど前までは、ほとんど口にしなかった。というのも、大相撲とプロレスの両方が好きと言うと、必ず、

「男がハダカで組んずほぐれつするのが趣味ですか」

とナンセンスな答えを返され、変な笑いを浮かべられたりして、不愉快なのである。そのたびに私は心の中で、

「うっせえやい。くやしかったらハダカになってみろってんだいッ。アルミシャッターみてえな胸しやがって、このスットコドッコイ」

と叫ぶのだが、むろん、上品な私は声にも顔にも出さず、こらえる。

プロレスファンであることを、あまり口にしなかったもうひとつの理由は、力道山の死後、私は十数年間プロレスを観なかったのである。ショックが大きくて、ファンをやめてしまった。一方の大相撲は「冬の時代」と呼ばれた不人気のころも、本当に欠かさずに愛し続け、観続けた。真のファンというものは、いかなる状況にあろうと愛し続けるのが筋である。そういう正しい筋のプロレスファンがたくさんいるというのに、十数年もブランクのあった私が大きい顔はできない。私は上品である上に、謙虚なのだ。

しかし最近、プロレスファンであることを隠さなくなったのは、これからはいかなる状況にあっても愛し続けようと決めたからである。やっと贖罪(しょくざい)した気になっている。

一方、いっときたりともブランクのなかった大相撲だが、その魅力がどこにあるかといえば、ひとつには、

「番付一枚違えば、虫ケラ同然」

と言われる「格差」である。何から何まで平等、公平にしようとする世の中に逆らっているようだが、相撲界は昔からの姿勢をくずさない。

そしてそれは、今も、

「くやしかったら強くなれ」

という、実に明快な論で鮮やかに処理してしまう。

力士たちの番付における「格差」はすさまじいばかりで、五月の川風にカッコよく吹かれたくても、十両以下は大銀杏という髷（まげ）を結うことを許されていない。下位の力士は「シャッシャッ」と草履を引きずりたくても、下駄しかはけない。「シャッシャッ」と「カラコロ」の音の差は、歴然と地位の差なのである。

むろん、土俵でも十両以下は塩もまけないし、化粧廻しもつけられない。そればかりか、十両以上の力士はあでやかな色の繻子（しゅす）の廻しをつけて、そこにピンと張ったさがりを飾っている。このさがりは廻しの共布をコヨリ状にし、ノリでかためているので、力士が蹲踞（そんきょ）の姿勢を取るとピンと美しく張る。

ところが、十両以下の廻しは黒い木綿であり、さがりはノリでかためていない。そ

して色も黄色であったり、緑であったりの適当ぶり。加えて、十両以上のさがりは十七本から二十一本くらいまでの奇数本がついているが、十両以下は半分程度。蹲踞の姿勢を取るとダラリと下がり、茹ですぎたウドンのようだから悲しい。

また、国技館内の照明にも差がついている。十両以下の力士の取組中は館内の照明も全部は点灯していない。そのため、下位の力士は薄暗い中で相撲を取っている。

かつて、私の贔屓(ひいき)力士が十両にあがったとき大喜びしていると、女友達に言われたことがある。

「相撲ってよく知らないけど、横綱がいちばん偉いんでしょ。たかが十両でなにがうれしいの」

知らない人はそう思うだろうが、あらゆる格差を見ると、十両がいかに偉いかがよくわかるはずだ。新弟子は横綱をめざすより、まずは十両にあがりたいと夢見る。新弟子は番付にさえ載せてもらえない「前相撲」という位置からスタートするのだから、十両までの道の険しさはイヤというほどわかる。

「前相撲—序ノ口—序二段—三段目—幕下—十両—前頭—小結—関脇—大関—横綱」

この厳然たるヒエラルキーの中、千人近い力士がしのぎを削る。後輩が「シャッシャッ」の地位になっても、弱い先輩はいつまでも「カラコロ」である。それがみじめなら力士をやめるか、強くなるしかない。

国技館に行かなくても、テレビでこの格差がハッキリとわかることがある。幕下上位力士対十両力士の取組を見れば歴然である。まず、画面に出てくる四股名の書体が違う。十両力士は相撲字の書体だが、幕下力士は単なるゴチック体の活字。また、このときばかりは対戦相手の十両に敬意を表し、幕下も大銀杏を結っているが、廻しは木綿で、さがりはウドンである。同じ土俵上で、十両との差を見せつけられるはずだ。それも、幕下筆頭と十両十三枚目では、番付は一枚しか違わない。それでも厳然と差をつけられる。

こういう格差は力士のみならず、行司にもある。烏帽子をつけた行司の装束は、鎌倉時代の正装だと言われているが、この装束も「十両格行司」とそれ以下では大きく違う。

十両格行司になって初めて、土俵上で足袋をはくことが許され、それ以下は裸足である。また袴も十両以下は膝下でしぼっており、いわばニッカボッカのような形である。その他にも軍配についている房の色もしっかりと決められており、幕下格以下は青か黒。立行司木村庄之助の紫、式守伊之助の紫白に至るまで、地位によって許される色しか使えない。

三役格行司になると、白足袋に草履をはくことが許され、二人しかいない立行司になると、短刀を腰に差している。これは差し違えたら割腹するという覚悟を示したものだが、行司たちの多くが言う。

「十両格になって、足袋を許されたときがいちばんうれしかった」

相撲界において、横綱や立行司はほとんど「神」であり、「虫ケラ」として入門した新弟子は、なんとか十両にあがって「人間」になりたいと願う。極論すれば、人権は十両以上から認められるのだ。

相撲甚句（じんく）に、

〽土俵の砂つけて男を磨く

という詞がある。この場合の「土俵の砂」は本土俵や稽古土俵における激しさ、つらさばかりではなく、日常生活の端々にまで及ぶ格差に耐え、のしあがることをも示していると私は解釈している。平等と公平が当然のこととなっている現在にあって、相撲界での暮らしは少年たちの男を磨くものなのだろうと思う。

一九九九年の初場所後、千代大海が大関に昇進したが、彼の人気の大きな理由に「ソリこみを入れたツッパリ少年が大関になった」ということへの快哉（かいさい）がある。かつて、彼は名うての不良少年で、手下を従えて相当悪いこともやったという。が、その千代大海も前相撲から取り、相撲界の格差に耐えてきたのである。

これに関し、月刊誌『大相撲』三月号で、師匠の九重親方が興味深いことを語っている。

「頭を鶏のトサカにして他人を服従させていた者が、完全服従の相撲界に入ってきた。そして人の言うことを素直に聞き努力して、今の地位を築いたことに、マスコミは目を向けてほしいね。ただ単に昔のツッパリの話ばかりを取り上げるんじゃなくてね」

私は世の中でいちばんおいしい焼きトリは、相撲を観ながら食べるそれだと思っている。

これはおいしい。

とてもじゃないが、この世のものとは思えない。格差の中でがんばる少年力士や少年行司の姿には、つい母の気持ちになり、塩味まで効いてしまう。

鴨よ！

菊地成孔

復帰。サックス&理論講座を5人やってから、昨日倒れて延期にして貰った打ち合わせに行く。★スネイルランプの次のアルバムのホーン・アレンジだ。スネイルランプとスパンクハッピーを同じディレクターがやっている。というのはちょっとした良い話だろう。

事務所まで行って彼等のオケと参考資料のCDを聞く。スカコアのホーンセクションの定番的なものにプラスアルファ。という感じだろう。ディレクターが同じだから、メンバーと仲良しだから、と言ってヨイショする訳じゃない。僕はスネイルランプをかなり高く評価している。

英語で歌うことがスタイル。という、例の賛否両論あるポイントも凄いし、ヒップホップと比較したときにスカコアは和風が入る隙が少ないところが好きだ。和風に翻訳できるものは総てフォークであり、和風に翻訳できないものは総てラテンではないか？　と、一昨日点滴したばかりのフラフラの脳で漠然と考える。ラテンは他殺のことばかり考え、フォークは自殺のことばかり考える。どう考えてもラテンが良い。僕は血圧が低く、体力がないだけのことで、自分はラテン系じゃないかと思っている。厳密にはラテン系の、ユダヤ系日本人だ。と、厳密にしてみたら、逆に何だか解らなくなった。まだ疲れている。

突如として家鴨が食べたくなった（タイトルは「鴨よ！」で、これは「鳩よ！」のパロディだが「家鴨よ！」では解りづらいからこうした。などという工夫は何の意味もなかった・苦笑）。毎年「あ、寒いな。もう秋だ」と思う日が来る。その時に反射的な反応だ。

小〜中型鳥類は、一人で食べるのが良い。出来れば一人で一羽食べるのが良い。鳥と一対一の感じが凄く好きだ。魚を丸々一匹食べるロマンチシズムの上空形といえる。泳いでいたものや、飛んでいたものが、そのままの姿で目の前で料理になっている。というエロチシズムは、同じく地上をはいずっている巨大な動物を殺して、少しずつ切って食べるエロチシズムと大分違う。一人で食べる一羽分のコンフィ・ドゥ・カナール、一人で食べる一羽分のローストチキン、一人で食べる一羽分の鳩のロースト、一人で食べる一羽分の鶏鍋。あらゆるエロチシズムの発動に、魂がうっとりする。

イタリアン激戦区をまたしても一人で移動し、広尾にある「胡同四合坊（フートンスーフォンファン）」に到着。今日は広東ダックを食べる。ものすごい食欲の自覚。まだ疲れているのだろう。

広東ダックは「広東式北京ダック」という倒錯した呼称をされる程度には日本では珍しい。僕も、香港で一回食べただけで、日本ではこの店でしか食べたことはない。人工肥満させたアヒルの皮と皮下脂肪を食べる北京ダックに比べ、広東ダックは人工飼育でない、筋肉のちゃんと付いた鴨の、香草で味付けした筋肉も一緒に食べるものだ（焼き方は一緒）。

ここでは人数別でサイズがSMLと3サイズ揃っている（北京ダックは4サイズ。北京ダックといっても、この店では高級宴席料理ではない。いわゆるNYスタイル・チャイニーズを標榜（ひょうぼう）している店で、カジュアルな価格とムードで北京ダックが食べられる。というのが売りだ）。思い切って前菜も麺類も頼まず、3〜5人分とされるMを丸々一匹注文する（7000円）。一人で一羽の鴨を食べる。中国人はオーヴァー・ポーションを余り気にしないものとはいえ、二度注文を確認される。

そして、挑むような笑みを浮かべた店員の手によって、素晴らしい鴨がやってきた。クラシック・バレリーナの黒いレオタードを連想させる、美しい曲線。糖類と脂質が混じって焦げた香り。皮膚から放射する焼き上がりの熱。一羽丸々であるということの発散する濃厚なエロチシズム。涎が溢れる。

瓶出し紹興酒を一杯だけ。あとは何杯もの冷たいジャスミン茶で、ひたすら鴨だけを食べた。キャラメリゼな皮の焼き具合も、筋肉に付いたほのかな香草の香りも、噛みしめる肉質の滋味も最高。一羽全部食べ終えてフーッといって天を仰ぐと店員が力強くウインクした。力強い秋の到来だ。

★スネイルランプ　スカコアというジャンルでインディーズからミリオンまで到達した、こいつらもかなりのアンファン・テリブル。現在は活動休止中。

焼肉

久住昌之

さあ、焼肉だ焼肉だ。久しぶりだな。はいはい、まず飲み物ね、瓶ビール二本ね。テーブルにつくなり、ルールみたいに、

「大生四つ！　で、いいですね！」

なんて言う人いるけど、あれ間違ってるね。よくない。

焼肉屋ではビール飲むなら瓶。俺は。

ジョッキなんて、あんな花瓶みたいに重いもの持って、焼肉と立ち向かえない。動きが鈍る。

あと、途中でご飯もらうから、その時、俺ウーロン茶に変えるし。焼肉には、絶対白いご飯。

大ジョッキは、焼肉が佳境に入ると、テーブルに突っ立ってる姿、愚鈍。

で、キムチね。白菜の。それから、レバ刺し。タレはごま油と塩のほう。それから、タン塩二人前、上ロース一人前と、カルビ二人前。あと野菜焼。とりあえず、以上。

あのさ、焼肉にイチイチ「上」と「上でないの（とは書いてない）」があるの、よくないと思わない？

俺、すごく煩わしい。注文の時、他の人に気を遣うじゃん。「上」ばかり頼んでいると、

「……（おいおい、ちょっと待て、割り勘だぞ）」

と心の中でつぶやいてる人がいるんじゃないか、と思ってしまう。

だからといって、「上」じゃないのばっかり頼んでると、

「……（せっかく久しぶりに焼肉屋に来たというのに、ケチケチするなよ）」

と思ってるヤツがいるんじゃないかと心配しちゃう。俺だって好きなもの食うのにケチは嫌だ。

でも実際、「上」ばっかり頼むのも、なんだかイヤラシイ感じがする。

そこのところで、注文の時、気にしてしまう。だから、そこ悩むのが嫌だから、ちょっと強引に自分の考えで第一弾を頼んじゃう。どうせ追加注文するんだから、その時別の人に、それとなく振る。

いや、仕切りたいんじゃないの。仕切る人がいれば任せる。早く食べたいんだ。腹減ってるから。

最初の注文でモタモタしてるのが、我慢できないんだ。

食べ始めちゃえば、食い意地も落ち着くんだけど、気がせいてるから。焼肉屋に来る時って。

ああ、来た来たキムチ。この最初のキムチがおいしいと……ウマイ！

最初のキムチがウマイと、もう、やったって感じ。ほぼ勝利確定。焼肉食いに来てよかったと確信する。全身の血が、キムチの辛さで歓喜に震えるね。

これがマズイと、ガッカリ。なーんだ、この店失敗、ってなる。落ち込む。ここから精神的に復活するまで二十分ぐらいかかる。そのぐらい、キムチって大切。ここのキムチ、めっちゃくちゃウマイ。ジューシーで、辛いのに甘い。唐辛子が違うんだね。今出してきたばかりだよ。

うめー。これだけで、飯、千杯ぐらい食えそう。それは大袈裟（おおげさ）か、ハハハ。

お、レバ刺し。はいはい。これは大人の食い物だよ。子供の時はキモかった。なんて、俺の子供の頃「キモイ」なんて言葉、無かったね。ほら、こんなにウマイ。俺も大きくなりました。

さぁさぁ、肉が来た。まずタン塩、でいいよね？　鉄板が焦（こ）げる前にね。塩ものは。

いいじゃないの、焼いてると周りから、こう、ちょっと巻き上がって来るところが、カワイイ。

「いやん、熱いし」

みたいな感じで。あんまり焼きすぎないことだよね。「タン塩は、裏返さない！」という人もいるから。あ、キミ、そう。へぇ。わかる。でも俺、一応裏返しちゃう。なんでだろ。でも表に比べて、ちょっとしか焼かないよ。一応ね、一応。心配性かな。はいはい、レモンかけて。

おいしいじゃないの〜。うんうん。ここから始まるって感じ。さあ、行こうか、本格的に。

こっちロースね。いいなぁ、最近年齢（とし）のせいか、ロースの味わいが好きで。若いときは何がなんでもカルビだったけどね。カルビも確かにおいしい。でもロースで、飯。この味わいがタマランチ会長。う、思わずオヤジギャグ。うかれてる俺。

これ、誰の？　誰のでもない。まあいいけど、誰か食べちゃって。焼き過ぎはダメよ。あ、これ裏返して、イイ感じ！　どれどれ、ウマイ！　これはいい肉だ。あー、口の中でジュワーンとくる。柔らかい。ああ、もうダメだ、スイマセーン！　ライス下さい！

どれ、カルビは？……うん、いーじゃない！　あー、やっぱり焼肉！　って感じするね！

カルビの脂がジュワーッて焼ける音、匂い、これがないと焼肉はつまんない！　ウン、最高。

タマネギ、裏返して。野菜は気をつけないと、すーぐ焦がしちゃうから。みんなで気をつけようね。

え、やっぱり俺、仕切ってる？　いや違う、ウレシイだけ。調子づいてるの。ごめーんね、あ！　ニンジン落としちゃった！　鉄板の隙間に。やるんだこれ。戦場の無駄死に。

ああ、ほらほらナスが真っ黒だよ！　カワイソーに。誰？　もう、無責任にのせない！　あと、焦げそうなのを見つけたら、気がついた人が責任を持って食べる！　これができない人は、自分の食べたいもの以外、のせない！

はいはい、ライス来ました。皆さん、いいの？　やっぱり焼肉には白いご飯ですよ。このロースの、イイ感じに焼けてるヤツに、この醤油ダレをつけて、飯にのせて。

くう〜！

これこれ！　ウマイ。焼肉はこれだよ。飯と。おー、ここでキムチ。キムチご飯。

うん、ウマイ！　キムチもう一皿もらおうよ。あと追加で肉。ほら、なんか、よろしく。

いやー、ウマイなあ。やっぱり白いご飯て、スゴイよ。俺、ご飯て、神様だな。ご飯といったら白い米を炊いたものです。神。信じてる。宗教に近い。お米教。敬虔な信徒ですよ。

だって、この上ロース、焼いてタレつけて、ご飯。うん、ほら、オイシイってこのことでしょ。

え、上ミノ、いいね。あの噛み切れないのはヤダよ。なかなか飲み込めなくて、イライラするから。

あ、ロースもうひと皿、今度は「上」でない方ね!

うわー、ウマイウマイ。バクバクいっちゃうね。どんどんいっちゃう。

ピーマンも、いいね。あ! そこネギが真っ黒だ。もう焼死してる。どかして。よくがんばりました。合掌。

ああ、もうこれでいいや。腹いっぱいになってきた。

これで、店出ると、またドーンと腹いっぱいになった感じするのね。そこで食いすぎたって、やっとわかるの。あれがいいよね。

あー、食った食った。また締めの冷麺食べれなかった。焦りすぎだね。ア、皆さん勝手にどんどん食べて。やー、俺はもはや満足。

満足とは焼肉のためにある言葉なり。

うー、ちょっと横になりたい、ガムいらないから。

夕食　肉は「血湧き肉躍らせつつ」

井上荒野

同業者や編集者とともに「肉の会」というものを結成している。毎月29（にく）の日に焼き肉を食べに行く。店は、肉王子と呼ばれている幹事が毎月おいしいところを全身全霊で探してくる。

固定メンバーは十人くらい。テーブルを二つくっつけてもらい、ずらりと並び、いつも大騒ぎしながら食べる。

その騒ぎっぷりといったら、焼肉業界からどうかCMに出てくださいと、いつ頼まれてもおかしくないほどだと思う。全員が肉好きであるとともに食べること好きである点も大きいだろう。銀のお盆に堆（うずたか）く積まれた生肉を見て騒ぎ、それを網にのせたときの「じゅっ」という音を聞いて騒ぎ、じりじりと焼けていく様を見て騒ぎ、口に入れればもちろん最高潮に騒ぐ。おいしいねえ。おいしい。すごい。最高。死にそう。

死んだ！　……という具合。

　この渦中にいると、私はいつも「血湧き肉躍る」という言葉を思い出す。文字通り肉は血湧き肉躍らせながら食べるべきものであると思う。それが証拠にメンバーの一人は、肉の会で絶賛された店を後日べつの（静かな）人々と訪れたが、おいしさはがっくり下回ったと言っていた。

　実家で肉（この場合はステーキ）を食べるときは、いつもフライパンごと食卓に出てくる。母の友人のみどりさんという人がくれた、我が家での通称「みどパン」というステーキ専用の分厚いフライパンの上で、まだじゅうじゅう音をたてている肉を母がその場で切り分け、家族でいっせいにフォークをのばすのである。

　たまには肉もいいわねと言う母のために、久しぶりに実家に帰る私が上等な肉を奮発したりする。あまり上品とは言えないが、このときばかりはその肉がグラムいくらしたかを高らかに宣言する。そうするとまた私の夫などが、一切れいくらにつくかを計算したりして、ぐわっ三百円！　ぎゃあ五百円を一口で！　などと大騒ぎがまきおこる。

　私は昔からサーロインやロースよりは、噛み応えのあるランプやモモのほうが好きだ。外側だけ強火で焼いて、中は血が滴るようなのを、塩と胡椒だけで焼いて、ニンニクとパセリを練り込んだバターをのせて食べるのがおいしい。

それにしても騒ぐことも含めて、肉を食べるには相応の体力と気力も必要であると、この頃つくづく思う。肉の会会員として現役でい続けること、そしてジーンズを穿き続けることは、年齢に対する私のささやかな抵抗である。

日本風焼肉ブームに火がついた

邱永漢

ラーメンについで、日式(にっしき)焼肉、即ち日本風の焼肉がアジアの各地で静かなブームを惹(ひ)き起こしているのをご存じですか。焼肉と言えば、もともとは韓国が元祖であった。東京や大阪にはかなり昔から韓国人の経営する韓国焼肉の店がたくさんあり、私がひいきにした店も一軒や二軒ではなかった。

一口に焼肉と言っても、ピンからキリまであって、評判の店に行くと、値段も張るが、肉も美味で、牛肉を素材にした料理としては最高の部類に入った。フランスは料理のうまいところだが、パリあたりで食べるビフテキに比べるとランクは上だと私は思う。ならば、韓国に行ったら何はさて措いても焼肉を食べなくっちゃと思って、ソウルに行った時、ガイドブックで最高の焼肉屋として紹介されていた店にわざわざ出かけて行った。そうしたら、牛肉は固く、タレも感心できず、すっかり期待を裏切られてしまった。とりわけ牛肉の質に雲泥の差があった。

韓国の知人にきくと、ソウルの焼肉屋が使っている牛肉は大半が輸入品だそうである。アメリカ産か、オーストラリア産か知らないが、どちらにしても輸入品は最上質のものが来るわけではないから、そのなかから焼肉屋がまた値段の安いのを仕入れるとなると、どうしても質がおちてしまう。ソウルで食べる焼肉と東京で食べる焼肉の最大の違いは、日本製の上質牛肉とそうでない輸入牛肉の違いであることがわかったので、以後、韓国に行ってもわざわざ焼肉を食べに行く気はしなくなった。

しかし焼肉が、牛肉を使った料理としてはスキヤキやシャブシャブと並んで牛肉の味を上手に生かした料理であることに間違いはないから、誘われれば断わることは先ずなかった。ただ日本でも牛肉の輸入が開放され、輸入肉が牛肉消費量の半分以上を占めるようになると、いつの間にか、焼肉は牛肉をふんだんに使った大衆的な食べ物として庶民の間に拡がって行った。その普及にあずかって功労のあったのは、輸入肉の大手である「肉のハナマサ」のはじめた食い放題の焼肉屋であろう。

はじめて銀座のハナマサに出かけた時、昔、私のオフィスに勤めていた青年とばったり出合った。向うはフィリピンから来ているお客を招待するためで、安上がりでいいんですと弁解していたが、それにしてもどうして私がこんなところにいるんだろうと怪訝な顔をされた。実は噂をきいて勉強のために来ているんだと説明するのも面倒なので、「一緒に来た連中から店の名前をきいて、隠れた日本料理に連れて行ってくれるんだとばかり思って喜び勇んできたら、勝手が違ってがっかりしているところだよ」と答えにならないような応答をした。

しかし、ハナマサに行ったのはそれが最初にして最後というわけではなかった。ハナマサには食い放題の牛肉のほかに、特上の牛肉というのがある。値段は張るけれども、これだと最高の焼肉が味わえる。あとはスープからデザートまで何でも揃っているから、台湾や中国からのお客に日本の牛肉を食べさせたい時はもってこいなのである。ハナマサの社長さんと懇意にしているので、無理を言って席をとってもらっているけれど、特上肉の予約ならあるいは行列をしないですむかも知れない。一度試して見てはいかが？

ハナマサが評判をとると、本場の韓国から財閥の系列会社が乗り込んで来て、ソウルで一緒にやりませんかと申し出があり、いまではそのチェーン店がソウルに五軒あるそうである。これもラーメンが台湾や香港に逆上陸しているのと同工異曲だろう。考えて見ると、魚食を中心としていた日本人の食べ物が戦後、魚肉ソーセージから本格的な肉のソーセージに移行したように、魚食から肉食への移行は国際化に伴う必然的な動きと見てよい。それが牛肉の輸入にまで及ぶと、肉をどうやって食べるかが日本人の新しい課題になる。ハム、ソーセージからビフテキ、シチューまで肉の料理法は研究の対象になるが、そのなかで最も創意工夫の余地があって、且つ日本人にも中国人にもアジアの各地においても受け入れられるのは、焼肉ではないかと思う。

現に日本国内でも、「牛角」とか「焼肉屋さかい」とか急成長の外食産業が次々と誕生したかと思ったら、たちまち店頭市場の人気株になった。後学のために恵比寿と渋谷の牛角に行ってみたが、こちらが食事を終えて店から引き揚げる夜の九時半になっても入口から階段の両側まで若い人たちが順番待ちの行列をなしている。

念のため、台湾に行った時、台北でも「焼肉屋さんハヤっている?」ときいたら、台湾のオフィスのスタッフが『タイペイ・ウォーカー』という角川書店が中文で出している月刊誌を持って来てくれた。ページをめくると、日式焼肉大特集という日本風焼肉屋の案内が十数ページにもわたって続いていた。早速案内してもらったら、すぐうちの近くの路地裏に焼肉路地と呼んでいいほど焼肉屋が並んでいて、ここでも若い人たちの行列が夜遅くまで続いていた。煙が濛々(もうもう)で、店も狭くて如何にもみすぼらしいインテリアだが、どうやらそういう雰囲気だから若い人たちが集まってくるらしいのである。ラーメンの次に日本の食文化としてブームになっているのが焼肉だと遅蒔きながらやっと気づいた次第である。

ビーフ・シチュー

檀一雄

私が今回つくってみる牛肉の煮こみは、赤ブドウ酒を贅沢に使った、シチューの王様みたいなものだと思っていただきたい。

ところで、ポルトガルの片田舎では、セロリがなかなか手に入らず、セロリ抜きになったが、はじめの肉の漬け込みには、ニンジン、タマネギ、セロリを使う方が、よろしいだろう。ところで、この原稿を送りかかっている最中に、ポルトガルはカルナバル（謝肉祭）騒ぎ……。そのままパリに来てしまったが、パリの、さまざまの野菜や肉類は、まったく、繊細で、贅沢なものだ。

ただし、東京なみの物価高で、早く、ポルトガルに、逃げ帰りたくなった。

さて、話を本筋にもどそう。牛肉はイチボだとか、何だとかがよろしいらしいけれど、そんな贅沢はいっていられない。牛バラの塊でも買えたら上等で、濠州あたりからの輸入の肉が安く手に入る時に、豪快につくってごらんになるとよい。幸いポルトガルは上等の肉でも一キロ五百円見当だから、私などうわずってしまって、肉を二キロ買ったり、三キロ買ったりする。

まず、ニンニクを一片二片叩きつぶす。次に肉の大きさにもよるがタマネギを一つ二つ厚くスライスする。ニンジンとセロリは、タマネギの半分ぐらいのつもりで、薄く小口切りにしよう。

これらの野菜類をドンブリの中に入れてまぜ合わせ、肉は好みの大きさに角切りにし、丁寧に塩コショウして野菜のまん中に入れる。ここで惜しげもなく赤ブドウ酒をブチかけて、肉自体に、まんべんなく野菜と酒の味を浸みつかせるのである。

時々ひっくりかえして上下を換えてみるがよい。そのまま、一晩くらい漬け込んでおく。

ポルトガルはブドウ酒が安いから結構だが、日本の甲州のブドウ酒だってお酒よりは安いはずだ。それを、一月に一度、料理屋に行ったつもりで、思い切りよくブチかけてみるのである。

さて、その翌(あく)る日のお昼頃、肉片を丁寧に取り出して、表面を拭う。勿体ないような話だが、後焼く時に、肉の表面に、ほどよく焦げ目と、皮膜をつくりたいからだ。お鍋でも、フライパンでも何でもよろしい。猛烈な火を入れ、ラードか、サラダ油か、バターを敷く。肉片を一挙に投げ込んで、表面が狐色になるまで、煎りつけよう。肉に程よい焦目がついた時に肉だけ取り出してしまう。今度は、さっき、肉を漬け込んでおいたブドウ酒の中の野菜類をしぼるようにして取り出して肉の焼汁の中で丁寧にいためつけるのである。この時、トマトとか、ピーマンとか、もしあったら一緒に刻み加えていためつけた方が複雑な味になるかも知れぬ。

野菜の類がだんだんと狐色から、褐色のキャラメル状に変ってきたろう。よろしい。火をとめて、少しさめるのを待った挙句、清潔なフキンにくるみ込み、シチュー鍋の中に、野菜の汁を、ことごとく絞り取るのである。

ドンブリから、肉や野菜のつかっていたブドウ酒を全部入れる。もちろんのこと肉も加える。水でも、スープでもよろしい。たっぷり肉の上にかぶせ、コトコト弱火で、せめて二、三時間ぐらい気永に煮込もう。

肉の上に浮んでくるアクや、アブクは、時折すくい取って、煮つまってしまわないように、そのつど点検しておこう。

フキンで絞り取ってしまった野菜のカスだが、勿体ないと思う方は、醬油や、ウスター・ソース等で煎りつけておくと、ゴハンにかけてよろしく、酒のサカナによろしい。勿論のこと私は棄てるワケがなく、はじめはミキサーにかけて、シチューの中に加えていたが、少し泥臭い味になり過ぎるから、別の料理に転化することにした。

カレー粉いためなども面白いかもわからない。

さて、二、三時間煮つめてゆくと、肉はかなり軟かく、肉汁の色合も、だんだんと落付いた艶を見せてきただろう。

ここいらで、中味に入れる、タマネギを仕立上げておくことにするが、タマネギの皮をむき、思い切った厚さにまるごと輪切りにしたがよい。

ラードを熱して、その部厚いタマネギをいためつけるのだが、大きなタマネギの輪にカッコイイ焦目をつけたいものだ。

別に褐色のルーをつくる。というと、おそれをなす人があるかも知れないけれども、バターをフライパンに入れて、メリケン粉をいりつけてゆき、丁度狐色になった頃に、スープをかけ、シャモジで丁寧にとかしてゆくだけのことだ。

但しこれは私も大のニガ手で、ブツブツができやすく、

「ちょっと一杯やりたくなった。オッカン（お母さんの柳川方言）しばらく代ってくれ」

と退避してしまうならわしだ。

ポルトガルでは、そうはゆかぬから、オデッと呼ぶ、お手伝様に、一切シャモジときを、まかせている。

蛇足ながらこのオデッ（またはオデデ）、買物に走らせると道で喋り呆け、犬だけ

先に帰ってくる始末だから、私のつくったポルトガル都々逸（どどいつ）によれば、

オデデ来るかと門辺に待てど
オデデ来ねえで、犬が来る

さて、うまくシャモジときの出来上がった褐色のルーをシチュー鍋の中にとき入れて、まんべんなく、よくまぜ合わせる。

ここで月桂樹の葉とか、クローブとか、セージとか、パセリの茎だとか、あとで取り出せるように、紐でしばって投げ込んでおこう。

塩味をつける。塩だけでは単純だから、ウスター・ソースとか、トマト・ピューレとか、いやいや、醤油なども少々入れてみるのが面白いし、甘味と酸っぱみがほしい向きは、こっそりと、ジャムを入れて、わが家の自慢料理のカクシ味にしてみるのも面白かろう。

私はといえば、苦味と艶がほしいから、キャラメルをつくって、加えるならわしだ。さっき、焦目をつけたタマネギを全部加える。ニンジンも、カッコよく切って入れるとよい。

シチュー鍋ごと天火の中に入れ、シチューの表面に、焦目がつく度に、まぜ合わせ、まぜ合わせてゆくと、一、二時間後に素晴らしい艶のあるシチューが完成してゆく。

最後に、マッシュルームを加えて煮上げると出来上がりだが、ほかに、ジャガイモ

だの、絹サヤエンドウだの、スパゲティだの、塩煮をしておいて、一緒に食べると素敵である。

時間と手間がかかり過ぎると思われる方も、ご主人の出張の日なぞ一日つぶして、生涯に一度の大ご馳走をつくれば、出張から帰ってきたご主人が肝をつぶすかもわからない。

血よ、したたれ！

伊丹十三

「日曜日にはヘンデルのラルゴをフルートで吹き、血のしたたるようなロースト・ビーフを食べる」そんなのがイギリス人だ。という文章を、遠い昔なにかの本で読んだことがあって、どういうものかいまだに覚えている。

この文章がイギリス人の本質をいい当てているかどうかは知らぬが、ことロースト・ビーフに関する限り「血のしたたるような」というのが、唯一(ゆいいつ)の正しい形容であることは確かであろう。

さよう。ロースト・ビーフとは血のしたたるべきものなのだ。それなのに日本で食べるロースト・ビーフというのはどうしてあんなに血がしたたらないのか。あれではまるでロースト・ビーフの干物である。

ちゃんとした「ドイツ風肉屋」みたいなところで売っているのが、すでにこの干物なのである。どうもわからない。もっとも、私にいわせれば、ロースト・ビーフというものは、自分で作るべきものであって、肉屋で買ってくるべきものじゃない。ロースト・ビーフを買って帰るなんかは、できあがったビーフ・ステイクをおみやげにすると同様に妙なものだ、と私は思う。

さて、ロースト・ビーフから血をしたたらせるにはどうすればよいか。イギリスのある俳優からきいたこつを書いておく。

順序を追っていうなら、ロースト・ビーフ用に縛った肉に、串（くし）でたくさん穴をあけ、小さく刻んだ大蒜（にんにく）をつめる。表面に塩、胡椒（こしょう）をふりかけ、マスタードの粉をすりこむ。次にサラダ・オイルをかけて、あらかじめ強火にしたオヴンに入れる。オヴンに入れる時間は肉の大きさによって異なるが、大切なのは最後の十五分間くらいの間、オヴンの扉を十センチばかり開けておくことである。

これによって、外へ発散しようとしていた血が全部肉の中へ逆戻りするから（なぜかは知らぬ）うまい具合いに「血のしたたるような」ロースト・ビーフができあがるのである。

ロースト・ビーフは冷い肉の代表のように思っている人が多いがとんでもないことであって、イギリスでも、凝（こ）ったレストランへゆくと、巨大な卵型をした銀製のロースト・ビーフ保温器みたいなものをワゴンに乗せて押してくるものです。卵型の下にアルコール・ランプがついていて、卵型の中にいつも熱い湯気がたちこめるようになっている。ロースト・ビーフは大きな塊りのまま、その中にはいっていて、お客が注文すると、卵型の蓋をとってウェイターがその場でうやうやしく切り取ってくれることになっております。

ところでロースト・ビーフにつけるのはホース・ラディッシュ・ソースであって、マスタードではない。

ホース・ラディッシュというのは、形からいうなら大根と山芋と生姜との合いの子であって、味の性格は「西洋ワサビダイコン」とでもいおうか。ぴりっとした味のものです。こいつをおろして、サワー・クリームと混ぜ、レモンと塩少少で味を整える。これがホース・ラディシュ・ソースであって、ロースト・ビーフにはこのソース以外はあわないことになっている。

ホース・ラディッシュは、東京なら紀ノ国屋に売っている。イギリス人でも、普通はすでにおろして瓶詰になっているのを使うのだが、日本では本物の生のホース・ラディッシュが手にはいる。贅沢なものです。

それからロースト・ビーフや、ビーフ・ステイクに、イギリス人がよくつけあわせるもので、ポテト・イン・ジャケットというのがある。これは皮つきのじゃがいもであるが、日本ではまだお目にかかったことがない。調理法は簡単で、じゃがいもを皮のままオヴンに入れて焼くのであるが、新じゃがではだめである。古いじゃがいもを、皮がぽっくり割れるまで焼く。厚いジャケットのような皮を剝がしながら、バターをつけて食べるのである。これはまったく肉と調和する。イギリス贔屓の人なら、たまにはこういういたずらもまた愉しかろう。

梅田で串カツ

町田康

こないだ大阪に行って帰ってきた。ちょっと大阪に行って来たら、この間、というべきところをもう、こないだ、と大阪弁になっている僕はお調子者か。

飄然旅行ではない。僕だってそう年がら年中、慶西君と飄然としているわけではない。というか大体は真面目に働いていて、空いた時間で飄然としているのである。ところが世間の人はそういうのを知らないから年中、飄然としている気楽な親爺だと思っているに違いなく、そこのところがやけに悲しい。

そうではなく大阪にはちゃんとした仕事があって行ってきた。三日間滞在して、その間、真面目に仕事をして悔いを残さなかったというのは我ながら立派である。

ただひとつだけ悔いの残ることがあった。仕事のことではない。串カツのことである。

みなさんは串カツをご存知だろうか。薄く切った牛肉に衣をつけ油で揚げたごく安直な食い物で昔は丁稚やなんかが身に油をつけるために二銭とかそんなんで食っていた。

揚げたてを出すので店はたいていカウンター方式になっていて、客は職人に直接、カツ三本、などと注文する。注文を聞いた職人はやる気なげな態度でカツを揚げ、客の前に置いてある網のはまった金属製のバットに揚がったカツを置く。客は同じく、バットになみなみと入ったソースにカツを浸し、ふうふういってこれを食らうのである。

カウンターには山盛りのキャベツが入ったバットも置いてあってこれはいくら食べても無料である。それ以外にも玉葱やししとうを揚げたもの、茹でた鶏卵やヒロシマといって牡蠣(かき)を揚げたものもあって、なにをとっても一本百円かそこらだった。

二十数年前、大阪にいた自分はこの串カツ屋にしばしば行き、串カツ、そしてどて焼きといってすじ肉を味噌味に柔らかく煮たものを食べ、黒ビールを飲んだ。

仕事を終え、後は東京へ戻るばかりという段になって自分は勃然とこの串カツのことを思い出し、そして食べたくなった。これまで大阪に来てそんな気持ちになったことは一度もなく、突然そんなことを思ったのは仕事が順調に終わって気をよくしていたからだろうか、或いは年をとって気が弱り懐郷的な気分になったからであろうか。

いずれにしてもその日は移動日で他に予定は入っておらず、我慢することはなにもない。しかも、その日は私の四十二回目の誕生日で、どうせ東京飄然などと嘯いて無駄歩きをしている偏屈者だ、誕生を自ら祝してひとり串カツを食べるのも悪くない、と思って串カツを食べに行くことにした。

問題はどこに食べに行くかだが、そりゃ、昔よく通った新世界はジャンジャン町の串カツ屋に行くのが一番、間違いがない。ところが串カツを食べに行くと決意したとき自分は心斎橋にいた。

というのは、最終的な目的地、新大阪は心斎橋から地下鉄御堂筋線に乗って六つ目の駅である。ところがジャンジャン町入口に近い大国町の駅は同じく御堂筋線ながら新大阪とは逆方向に二つ目の駅で、自分としてはここがひっかかった。

なんだか遠回りをするようで嫌だったのである。そこで考えたところ、梅田の地下街にも何軒か串カツ屋があるのを思い出した。梅田は心斎橋から新大阪に向かって三つ目の駅である。そのなかの一軒にはやはり二十数年前、何度か入ったことがある。あしこにいってこましたろ。またぞろ迎合的な大阪弁を呟いた自分は切符を買って地下鉄に乗った。

車中、暇なのでいろんなことを考えようと思ったが串カツのことしか考えられなかった。いつしか私はそれほどに串カツを渇仰するようになっていたのである。

梅田の地下街は広大である。地下鉄、私鉄、ＪＲが乗り入れ、それぞれの地下から通路が四方八方に延び、またその通路はホテルや商業ビルに接続され、はじめて来た人は即座に道に迷うであろう。

しかし私は二十数年前、何度もうろうろしたからどこへでも最短のルートをとってたどりつくことができる。ふっ。余裕の笑みを浮かべつつ、地下鉄の駅から串カツ屋のあったはずの通りへたどり着いて愕然とした。

地下街には間口の狭い飲食店がびっしりと並んでいるのだけれども、どの店も申し合わせたようにシャッターを下ろし、営業をしている店はただの一軒もなかったのである。

貼り紙があったので読むと、改装のため休業、と書いてあった。

絶望のあまり幽鬼のようになって地下街をふらふら進み、気がつくと百貨店の地下食品街に入り込んでいた。

こんなところでまごまごしていたのでは生涯、串カツにありつけないぞ、しっかりしろ。自らを叱咤して気力を振り絞ってエレベーターのところまで行くと脇に案内板がある、見るとはなしに見ていると、神は私を見捨てていなかった、案内板によると八階にレストラン街があってそのなかに串カツ屋が入っているらしいのである。私は喜んでエレベーターのボタンを押した。

八階は大阪人であふれかえっていた。どの店の前にも行列ができていて行列の苦手な自分は一瞬、弱気になったがここまできて挫けるわけにはいかない、勇を鼓して人混みを進んでいくとレストラン街の一番奥にひっそりと串カツ屋があり、暖簾をくぐってなかに入ると奇跡的にカウンターの席がひとつだけ空いていて、和服の従業員がその席へ座れと言ってくれた。

倖いである。ラッキーである。喜んで座るとカウンターの中にいた職人が疲れきったような表情で、「お決まりですか」と聞いた。串カツ屋の職人はなぜみな疲れきったような表情なのだろうか。

まだ決めてないので、「いや」というと、さらに疲れたような表情で、「ではメニューをどうぞ」といってメニューをくれた。

木製の扉のついた立派なメニューで、串カツ屋でこんな立派なメニューとは面妖な、と思うと同時に、ふと不安になったのは店内の様子で、そう思ってみてみると以前、自分がよく通っていた串カツ屋とはよほど様子が違う。

まず、どろどろのソースが入った金属のバットがない。山盛りのキャベツもない。それに店内全体が洒落てるというか垢抜けているというか、カウンターなど調度品は渋い木製でところどころに一輪挿しが飾ってあるし、モノトーンの店内を照らす明かりは落ち着いた間接照明である。気にならない程度の音量でジャズが流れており、ちょっと見、バーにみえないこともない。

私は、こんなことで串カツ屋ができるのかと訝(いぶか)りつつ、メニューを広げさらに驚いた。

驚いたのは他でもない、あろうことかこの串カツ店では、串カツに味噌汁、白飯、サラダを添付したものに、雅、花、風、彩、猿。猿なんて名前はないが、そんな洒落(しゃら)臭い名前をつけ、定食仕立てにしてあるのである。なんたることであろうか。と嘆声を上げつつ周囲を観察すると、大抵の人は花か雅を頼んでいて、その都度、和服のおばはんが、花一丁、雅一丁、と虚空に向けて絶叫するのである。

いったいいつから串カツはこんなことになってしまったのだろうか。不安と緊張が極度に高まった頃、カウンターの向こうから色の浅黒い、金縁眼鏡をかけた、地方検事みたいな若い女の、「お決まりですか」と地獄の底から響いてくるような声がして、周章狼狽(しゅうしょうろうばい)した私は思わず、「は、花」と答えてしまった。それをきいた地方検事は虚空に向けてやけくそみたいな大声で、「花、入ります」と絶叫した。いったい花がどこにはいっていくのだ。

それから地方検事は小さく四つに区切られた細長い皿と割り箸を工作機械を扱うような荒々しい手つきで私の前に置いた。手つきの荒々しさとは裏腹に、皿はちまちまと小ぶりでソース、ケチャップ、塩などが入っている。それから地方検事はこれも小ぶりな陶器でできたバットをカウンターの仕切りの上に置いた。

　その間、地方検事はいっさいの説明を省いて無言であったが、私はすべてを了解した。すなわち、このしゃらくさい陶器のバットに置かれたカツをこのちまちました小皿の三種のソースと塩で食べ、ときおりしゃりしゃりサラダを食べろと言っているのだ。

　なにをぬかしてけつかるのであろうか。串カツというものはそんなものではなく、武骨なバットに置かれたカツを巨大な弁当箱みたいなバットにはいったまっ黒いソースをどぶどぶにつけて食べるものに決まってるやんけざます。こんなちまちました串カツがあるかあ、どあほ。

　なんて虚空に絶叫したい気分でカウンターで尻を左右に揺らしたり、店内をきょろきょろ見渡したりしていると、やがてさきほどメニューをくれた職人が、やはり疲れきったような表情で、手に何本かカツを持ち、カウンターの客の前を巡回、バットにカツを置くと、客のひとりびとりに、「こちらなんやらでございます。かんやらのソースで召し上がってください」なんて囁いている。

　俺にもくれるのかしらん。と、どきどきしていると果たして職人は、私のバットに海老みたいなものを置くと、「こちらなんやらでございます。お塩とレモンでどうぞ」

た。

と言った。なんやらという部分は、あまりに早口でなにを言っているか分からなかった。

しかし早口になるのも無理はなく、彼はひとりで約十五人程度のカツを担当していて、ひとりびとりの客に、「いっやあ、おっどろいたね、どうも。カツがねぇ、揚がって来ちゃってさあ、そのカツなるものがまた珍だ……」などと話していたら、カツがみな黒こげになってしまうからである。

それでしかたなく置かれたカツを塩とレモンで食べてみた。まあ、うまいことはうまい。しかしながらなにかが違うというか、私が串カツとしてイメージしていたものと決定的になにかが違っていて、その後も職人の兄ちゃんは、疲れきりながらも次々とカツを揚げてくれたのだけれども、やはり釈然としないなにかが自分のなかに蟠り、いつまで経っても、「串カツ食ったぜ、ベイビー」という気持ちにならないのである。

そして釈然としない気持ちのままついに兄ちゃんは、「これでお終いです」と言って私の前にカツを置いた。

これを食べて私の釈然としない気持ちは極に達した。というのは、この定食の花とか雅とかいうのは、それぞれどこが違うかというと、カツの本数と種が違う。ランクの高い定食には値段の高い食材が使われ本数も多く、ランクの低い定食には高い食材は使われておらず、また、本数も少ないのである。

私の頼んだ「花」は実は恥ずかしい話であるがもっとも安い定食で、安い食材を使った串カツが八本ついているはずである。そして先ほど兄ちゃんは、これでお終いです、と言った。ところが私はまだ七本しかカツを貰っていない。これはいったいいかなる禍事であろうか。私は驚き惑い、思わずカウンターのなかの兄ちゃんの顔を見たが、兄ちゃんは、なんか文句あるのか、というような目つきで睨みかえしてきたので慌てて目を逸らし、それから、なんという浅ましい行為であろうか、左右の客の皿の上にある串の数をひそかに数えた。どちらも私と同じ、「花」を頼んでいて、空き皿には串が八本あった。

やはり私だけ七本しか貰っていないのだ！

私は正しく職人の兄ちゃんが間違っていたのだ。しかし私はちっとも嬉しくなかった。なんとなれば、この場合、私は絶対的な正義であるからで、私が、「俺の串カツ七本しか来てへんやんけ。どないおもてけつかんのじゃ、ダボが」と主張したら兄ちゃんは非を認めるしかないし、よし裁判になったとしてもこちらには串という物証がある。どう転んでも私があと一本串カツを貰えるのは間違いないが、しかしそんなことをして嬉しいだろうか。

柳眉(りゅうび)を逆立て、眦(まなじり)を決して、「俺の串カツ、なめとんのかあっ」と叫んだ後で、果たして人はにこにこ笑ってカツを食べられるだろうか。

食べられないに違いないし、無理に食べてもおいしくもなんともないだろう。

つまり、だから私はカツの本数がどうのこうのと言っているのではなく、兄ちゃんに客として平等に扱って貰いたかったのだ。というのはどういうことかというと隣の客と同じようにカツを八本貰いたかった。あれ？　ということは僕はやはりカツの本数のことを言っていることになるのか？

しかしそれはもはや一本のカツでは埋められない心の寂しさなのである。

私は悲しい気持ちで席を立ち、悲しい気持ちで勘定を済ませた。会計を担当したおばはんは、自分たちはなにひとつ誤りをおかしていないというような顔でレジを操作して紙幣を受け取った。

背後で地方検事が荒々しい音を立てて皿を片づけていた。兄ちゃんは相変わらず疲れきった様子でカツを揚げている。私は店を出た。前の客が帰ったときは全員で、「ありがとうございました」と言ったのに私のときはみな無言であった。

私はますます釈然としない気持ちで新大阪駅へ向かった。

牛カツ豚カツ豆腐

内田百閒

漱石先生の高足、横暴極まり無き鈴木三重吉さんが目を怒らして言う。

「内田のヤツ、貧乏だ貧乏だとぼやいているが、あの野郎家で毎晩カツレツを七八枚喰らい、人が来れば麦酒（ビール）を自分一人で一どきに六本も飲んで、その間一度も小便に立たないとほざいている。それを自慢にしてやがる、あん畜生」

そんなにぼろくそに言われなくてもいいが、しかし丸で身に覚えのない事ではない。事実無根ではないが、少し説明を加えておく。カツレツと云うのはビーフカツレツで、当今のようなポークカツレツ、豚（とん）カツではない。大正始め頃の話で、豚肉が一般の食用になったのはその後の事である。

初めの頃、御用聞きが来て註文を受け、豚肉を誂（あつら）えられると、後で経木（きょうぎ）にくるんだ豚を届けてくる。牛肉は従来通り竹の皮である。白っぽい経木の包みをお勝手の板の間へ置くと、ちょいと、その辺へ、少し離して置いて行ってくれと頼む。そこいらの外の物に触れれば、きたない様な気がした。豚と云う物の不潔感、けがれの聯想が、どうせすぐ後で口にするにしても、何となく拭い切れなかった様である。

　そこへ行くと、牛肉は清潔である、などと云う理窟はない。小学校の友達の近所の大工が普請の屋根から落ちて死んだ。前の晩に牛肉を食っていたので、そのけがれの為だと云う。

　私は造り酒屋の子で、牛肉なぞ四ツ足は勿論口にす可き物ではなかった。母に連れられて親戚へ行き、そこで禁断の牛肉のすき焼を初めて食べた。子供心にも非常にうまかったが、後で家へ帰ってから、その事がばれては大変である。子供の口の中にお酒をふくませ、それでガラガラとよくうがいをして吐き出し、その後へ蜜柑を食べさし、さてハアと息を吐いて母に吹き掛け、もうにおわない様だ、大丈夫だろうと云うので家へ帰って来た。

　ずっと後になって、夏休みに親戚の大阪の牧師の家へ行き、幾日か泊まっている或る晩、今日は牛鍋にしましょうと云うので、おばさん僕がそのお使に行きますと買って出た。近所の牛肉屋へ行き、云われた通り買って来たが、その竹の皮包みの肉の中に、仕切りの土手の様にした味噌がある。牛肉のくさみを消す為だと云う。その時分、と云うのは大正初めの頃だが、牧師の家だから牛肉なぞ平気だったとしても、一般にはまだ四ツ足の牛肉はくさい、けがれがあると云う感じが残っていたと思われる。

その後に到り、今日となっては、我我は豚ばかり食わされていると云う事になってしまったらしい。羊のマトン、ラム、山羊の肉なぞ馴れないから食べたいとも思わないが、野生の水鳥はおいしい。鷭（ばん）、千鳥、鴫（しぎ）など、ちゃんとした料理で御馳走してくれないかな。

しかしいい歳をして、その様な殺生（せっしょう）物を食べたがるのはいかん。年寄りは豆腐などを食っていればいい。私が市ヶ谷合羽坂にいた頃、豆腐ばかり食っていたので、噺（はなし）にある化け物の「豆腐なめ小僧」だと云われた事があるが、人間一体、人体の内容は水ばかりだそうで、九十五パーセント、或（あるい）はもっとあるかと云う。尤（もっと）も骨や爪や髪の毛などの中には水分があるから、それをからからに絞った話だが、人体の中で水でない部分のほんの僅かなところに阿呆、利口、金持の甲斐性、貧乏人の宿命が宿っている。そこへ持って来て、毎日毎晩豆腐ばかり食う。自分の身体の内部はオリムピックの水泳のプールの如き物か。

そんなに水気がいやなら、豆腐なぞ止めてもいい。凍り豆腐、凍りこんにゃく。しかし、それでも水分はあるだろう。我我の口にする物で丸で水分の無い物を探すのは無理かも知れない。豚の話に戻って、私の住んでいる麴町は全市十五区の時代の東京市の中心地であったが、今では段段に真ん中がうつろになって、日常の食べ物にも事を欠く有様である。

永年取りつけている肉屋に牛肉も豚も上物はなくなった。店へ置かなくなったのである。牛肉の話は別として、豚には下等の白豚と上等の黒豚がある。黒豚は初め亜米利加（アメリカ）に産した物だそうだが、後にシナに渡り、転じて英吉利（イギリス）でバークシャイヤの飼育で独立した一品種となった。四足と鼻と尻尾の先が一寸（ちよつと）白いので六白と云う。この品種が一番うまい。ヨークシャイヤの品種は白豚で下等物である。今はその白豚しか手に入らなくなった。

うまい黒豚を買うには、隣り区の大きな問屋へ行くか、デパートなどの食品部を尋ねなければ手に入らない。

そんなにして迄あの経木にくるんだ豚肉を、そこを離してそっちへ置いとけと、不潔な、けがれた物の様にいやがったのはだれか。黒豚も白豚もあったものではない。ウィー、ウィーと豚が云った。What a big world this is! 用心しなさい。広い世界に人間の数は多い。人間は豚が認識するより、もっと利口である。特に私がそうであって、豚よりはかしこい。

豚肉生姜焼きの一途

東海林さだお

かつては御馳走(ごちそう)だったのに、いつのまにか影が薄くなってしまったものに、鶏のもも焼きとポークソテーがある。

鶏のもも焼きは、誕生日のエースだった。

足を上に向けて皿の上に置かれ、足の先には白い紙のリボンが結ばれていた。

これが出てくると、子供などはワーイワーイと手を打って喜んだものだった。

いま、こんなものを喜ぶ子供はいない。

ケンタッキーのフライドチキンが登場してから、めっきり影が薄くなった。

ポークソテーも御馳走だった。

ポークソテーが、レストランのエースだった時期さえある。

ハンバーグやメンチカツは気軽に注文できたが、ポークソテーはかなりの勇気を必要とした。

牛肉の人気が高まるにつれ、ポークソテーは衰退していった。ポークソテーが姿を消して、入れかわりに台頭してきたのが、豚肉の生姜焼きである。

これは、あっというまに、外食界の、どちらかというと低層界を席捲した。

最初、喫茶店のランチメニューとして登場したような気がする。

それから、定食屋がすぐにメニューに取り入れ、ラーメン屋風中華料理屋が採用し、

中級トンカツ屋が目をつけ、牛丼屋もメニューに加え、レストランも無視することができなくなった。

豚肉生姜焼きは、なぜこれほど急速に、外食低層階級の寵児となったのであろうか。

それには「生姜」の二文字の影響を見逃すことはできない。

さらに、「定食」の二文字の参加も不可欠の要素であった。

ただ単に「豚焼き肉」だけでは、決してこのような時代の寵児にはならなかったはずである。

「豚焼き肉」では、何の魅力も感じられない。「豚焼き肉定食」でも同様である。

しかしここに、生姜の二文字を挿入してみよう。

「豚肉生姜焼き定食」……。

見よ、周辺一帯は突然光り輝き、希望にあふれ、魅力に満ちたものとなったではないか。

生姜という文字が持つ付加価値の力は大きい。

それは、新宿に都庁がやってきて、土地の値段が急騰した周辺一帯に似ている。

しかし、よく考えてみると、生姜なんてものは、胡椒や山椒などと同様に、単なる香辛料の一つに過ぎない。

肉料理に胡椒を使っても、ことさらに豚肉胡椒焼きなどと、胡椒を標榜したりしない。

なのに、なぜ「豚肉生姜焼き定食」に限って生姜を標榜するのか。

標榜したとたん、なぜ魅力にあふれ光り輝くのか。その周辺一帯の地価が急騰するのか。（しないか）

そのナゾを追究する前に「豚肉生姜焼き定食」の実態に迫ってみよう。

豚肉生姜焼きは、大きく分けると、限りなくポークソテーに向かう一派と、限りなく肉野菜炒めに向かう一派とに分かれる。

前者は、豚三枚肉ないしは肩ロースの肉片三枚に、千切りキャベツ、ポテトサラダ、というスタイルを原型とするのに対し、後者は肉片が細分化され、玉ねぎなどといっしょに炒められ、牛丼の具に似たものになっていく。さらには野菜などといっしょに炒められて、限りなく野菜炒めに近くなっていく。

すなわち、前者は、豚肉の肉としてのプライドを尊重し、豚肉の顔を立てる、という立場をとるのに対し、後者は、「そのへんのところは、今回はこらえてもらって、まあ、野菜たちの顔も立ててやってはくれまいか」という立場をとっているわけである。

ぼくとしては、断然、前者のほうをえこひいきしたい。豚肉のプライドを尊重したい。

まずですね、皿の上で厚さ三ミリほどの三枚肉、または肩ロースの周辺が、熱で反りかえっているところに注目したい。

特に、周辺を囲むようについている脂身のところが、めくれるように立ちあがっていて、中には反りかえりすぎて肉全体がねじれてしまっているのもある。

このねじれ具合がいとしい。

甘からの醬油ダレがよくしみこんで、しっとりとした肌を見せている肉の部分と、やや透明感があって白くツヤツヤ輝いている脂身。全体に点々とカスのようにへばりついているのは、すりおろした生姜だ。

こいつを、まず一口分食いちぎる。きちんと脂身の配分を考えて食いちぎる。

豚肉の厚みが歯に感じられ、次に弾力のある脂身がジワッとにじみ出て肉本体とからみあい、両者相俟って豚肉本来の味になったところへ、甘からの醬油ダレの味がわりこむ。

つくづく豚肉のおいしさとは脂身のおいしさなのだなあ、と痛感したところで熱いゴハンを一口。ゴハンは大量を口に押しこむ。

肉、脂、甘から醬油、熱いゴハン、そして、ああ、この、生姜の味が、何と有効に働いていることか。

生姜が、豚肉と豚の脂と出会って、そして醬油と出会って、ふだんの生姜とは別の生姜の味になっている。

アジの開きなどで食べるのとはまた違った、米の飯を食べる法悦のようなものさえ感じる。脂まみれのゴハンのおいしさである。そこに醬油が加わり、生姜が加わったおいしさである。

唇を、豚の脂と甘からの醬油ダレにまみれさせたまま、また大量のゴハンを一口。

脂身の多いところを一口。

陶然となって、ダイエットとか、カロリーとか、ヘルシーとか、そういう言葉はあっちいけ、という心境になる。

ワシワシ、モリモリとゴハンを食べ、アグアグ、ウグウグと豚肉を食いちぎりながら、それにしても、この生姜焼きというやつは、ゴハンのおかずという宿命を背負ってこの世に出てきたのだなあ、とつくづく思う。

豚肉生姜焼きとゴハンは、赤い糸で結ばれていたのだ。生姜という赤い糸で結ばれていたのだ。

同じ豚肉でも、トンカツはゴハンに対してよそよそしいところがある。ゴハンといっしょに口の中に入れても、ゴハンの風下に立つことをきらう。対等でいようとする。

プライドが高くて、おかずになりきれないところがある。

最後まで、お互いがよそよそしい。

そこへいくと、生姜焼きは、はなっからおかずになりきっている。

おかず一筋。この道一筋。

その一途なところもいとしい。

長崎の豚の角煮

吉田健一

これは今では方々でやる料理になっていて懐石でもそのもっと洗練された形のが出ることがあるが、その始りが長崎であることは明かで今でも長崎で食べると一番旨いように思う。要するにその名が示す通りの豚の肉を四角に切ったのを煮たもので、どういう風に煮るのかは解らない。併(しか)し牛の尾を煮た西洋料理があり、その材料に牛の尾の代りに豚を使ったものと思えば先ず間違いなくて豚だからもっと淡泊なのでこの何かしつこい料理法がよく合う。つまり牛の尾だと余りこってりしていて胃が弱っている時などは聊(いささ)か参ることがあってもこの豚の角煮はビールの肴にも食べられて、或はビールの方を従にして充分に楽める。これはオランダ人や支那人に倣(なら)って牛や豚の肉を食べ始めた長崎の人々の工夫による料理に違いないとともに鶏よりも脂っこくて牛程ではない豚の味をよく生かしている点ではやはり日本の料理である。

一体に豚という動物は見た目には可愛いが、その肉には何か一つか二つ足りないものがあるようで仮に病気の心配がなくてもその刺し身など考えられず、それで酒蒸しにしたり塩に漬けたりして味を補うことになるのではないかという気がする。その時にこの角煮でやる具合に恐らくは色々と香料を使って思い切りこってりした料理の仕方をすると豚の味が消えてしまう一歩手前まで行って、そこで踏み止ることで豚の味がして来る。どうもこの角煮の味を説明するのにそうとでも言う他ない。

兎に角これを長崎で食べた時は旨いものだと思い、それでその名前まで聞いたのであるが、そういう気を起す位旨かった。併し酒の肴にはどうだろうか。これは旨いものの通例に反して熱い飯とかバタをたっぷり付けたパンとかと一緒に食べる時は珍味であっても一般に酒、つまり日本酒の味というものを考えてそれからこの角煮の味を思うとどこか合いそうにもない感じがする。併しそれだから食べものとしてまずいことにはならない筈で例えばカレーライスにも酒は合わない。その後に長崎でこの角煮を鑵詰めにして売っていることが解って送って貰ったことがある。他の大概の食べものならば考えられないことであるが、これは鑵ごと温めて食べると殆ど味が変っていなくて鑵詰めの食べものの中ではこれが王者であると思い、その鑵に何の印も付いていなかったのも奥床しかった。

バスティーユの豚

四方田犬彦

吉田健一の『私の食物誌』に、長崎の豚の角煮のうまさについて書いた一節がある。どうも彼は食材としての豚に対し魚や牛よりも低い評価を与えていたようで、「豚という動物は見た目には可愛いが、その肉には何か一つか二つ足りないものがある」と記している。それゆえに豚は「酒蒸しにしたり塩に漬けたりして味を補」わなければならない。吉健翁によれば豚の角煮が美味いのは、思いっきりこってりとした料理に仕立てあげ、「豚の味が消えてしまう一歩手前まで行って、そこで踏み止る」ことにあるとされる。

これは傾聴すべき意見であると思う。というのもここには、料理というものはどこまでも素材そのものの充溢（じゅういつ）が第一であり、それに手を掛けることは補足的で二義的なものであるという、日本人にきわめて伝統的な食べもの観が、みごとに披露されているからだ。中国人やフランス人はこうした発想を採らない。もっともわたしは同じ豚を前にしていささか異なった考えを抱いている。地上に十億匹いるといわれるこの家畜にもし欠落があるとすれば、その欠落ゆえにその肉は卓越しているのではないかと思うのである。

牛肉はそれ自体で自立した味の個性をもち、どのように調理されても自分のアイデンティティを崩すことがない。ローストビーフであれ、カルビ焼きであれ、そもそも牛の調理とは、いかにその本来の肉の味を引き出すかという一点にかかっている。だが牛は、どこまで行っても牛肉が牛という宿命から逃れることができない。中華料理において素材としての牛肉が豚肉と比べて圧倒的に不振であるのは、もっぱらこの自己完結性によるものである。羊の強烈な個性にしても同様。羊であることを消し去って羊料理を作ることはできない。鴨もまたしかり。では逆に鶏は、兎はどうだろう。鶏は鴨とは逆に、味が万事において控えめであり、とても塩漬けや角煮といった荒事に向きそうにない。兎は先天的に脂気が欠けているので、しばしばベーコンなどを添えて調理しなければならない。こうして一長一短がある他の肉と比べてみたとき、豚の卓越性は否定しようがない。人間がもっぱら食べるためだけに改良を重ねてきたプロの肉という気がするのである。

そう、豚が食材としてもっている驚くべき柔軟さは、とうてい牛や羊、鶏の比ではない。直接に網のうえで焼こうが、フライにしようが、茹であげようが、煮込もうが、とにかくありとあらゆる火を受け入れ、さまざまに異なった味の変化を見せてくれる。加えて豚は燻製や塩蔵に長けている。叉焼（やきぶた）はもとより、生ハム、サラミ、ベーコン、パンチェッタ、ソーセージといった保存食品は、地上に豚が存在しているがゆえに可能となった。こうした事実を考えてみると、いかに強烈な味でさえも平然と受け入れ、思いも寄らぬ料理へと変身してゆく豚肉こそが、人間が火を通して築き上げた文化にふさわしい食べものであると理解できる。熱心なイスラム教徒となったマルコムXは、豚というのは悪魔が人間を堕落させるために発明した、鼠（ねずみ）と犬と猫を掛け合わせた不浄な動物だと信じていた。これは同情に堪えない。

　わたしは以前、世界中の著名な文学者や芸術家の食生活をその通りに再現し、それを試食した上で文章に綴るということを、ある雑誌に連載したことがあった。そこでマルグリット・デュラスからジョージア・オキーフ、開高健まで、さまざまな人物が書き遺したレシピを調べ上げ、簡単なものは自分で再現し、難しいものは料理研究家に依頼して調理してもらった。このとき担当の編集者がいった言葉が忘れられない。四方田さんが選ぶとみんな豚ばかりになってしまいます。何か次はお魚とか、他のお肉も選んでくださいよ。

三〇歳代が終わろうとするころ、冬から春にかけてしばらくパリのバスティーユに滞在していたことがあった。間接的に知っていた作曲家がしばらくの間、故郷の田舎に閉じこもって大作に専念するというので、彼女のアパートを借りたのである。歩いてすぐのところに有名なアリグル広場があり、賑やかに朝市が立っていた。

同じパリに住むといっても、ブーローニュの森に近い一六区のお屋敷町に住むのと、革命のたびにバリケードが設けられ、貧しき者たちが権力に抵抗してきた歴史をもつバスティーユに住むのとでは、まったく異なった体験である。わたしをまず驚かせたのは朝市の喧騒であり、喧騒のなかで堂々と肉屋の店先に並べられている、牛や豚、羊のさまざまな肉や臓物だった。何だい、これじゃまるでソウルの南大門市場（ナムデムンシジャン）と変わりないじゃないかというのが、わたしの第一印象である。毎朝のようにこの市場に出かけ、未知の食材を一つひとつ買っては料理をしているうちに気付いたのは、そうか、ここは肉のワンダーランドなのだということだった。

生の肉や臓物ばかりではなかった。アリグル広場には夥（おびただ）しいハムやサラミ、ソーセージが並べられたり吊るされていた。サラミは地方ごとに製法が違っていて、手にとって鼻を近づけてみると、表面に塗りつけられている大鋸屑（おがくず）のような香辛料から異なった香りがした。ときおりまったく雰囲気の違うものがあり、ポルトガルのサラミだといわれた。サラミの側にはアンドゥイエットといって、黒々と蜷局（とぐろ）を巻いているソーセージがあり、ファリックな想像力を掻きたててやまない巨大なブーダン・ノワールがあった。アンドゥイエットは豚の腸のなかに臓物と小麦粉を詰め込んで作ったソーセージで、これも韓国で一年を過したことのあるわたしには、ただちにスンデとほぼ同じものだと見当がついた。ブーダン・ノワールは豚の血に大蒜（にんにく）や玉葱、香草を混ぜてソーセージにしたものである。

　こうした巨大な、文字通りラブレー的な雰囲気をもつソーセージの群れのかたわらには、一〇センチほどの真赤な塊が並んでいる。羊の脳味噌だった。興味があったので求めようとすると、店の少女が、新しいものの方がいいでしょといって、店の奥から羊の頭蓋骨を持ってきた。彼女はわざわざそれを一つひとつ抉（こ）じ開けながら、どろりと血に塗れた脳味噌を取り出してくれた。

　脳味噌はしばらく流水に浸しておくと、細かな血管が剝がれて真っ白になる。それを崩れないようにゆっくりと鍋に運び、ローレルやパセリの茎などといっしょに茹であげる。皿に乗せ、溶けたバターを垂らしたり、レモンの汁を絞ったり、カッペリ（ケーパー）を散らせたりすればいい。これは日本でいえば鱈の白子に似て、ねっとりとした柔らかさをもった一品となる。もっともわたしの知り合いの女性は、塩茹でしたものをそのまま崩してトーストに塗っていた。イタリアでは赤ん坊の離乳食にするということを、後に知った。

豚足はというと、すでに調理を終え、煮凝りとして店頭に並べられているものもあれば、毛をまだ残したまま、無造作にバケツのなかに何本も突っ込まれたきりのものもあった。わたしはバケツの一本を丸ごと買った。信じられないほどに安かった。店員はたちどころにそれを鋸で五つほどに切り分け、ビニール袋に入れてくれる。調理法を訊ねてみると、残っている毛を焼き切るのが少し面倒だが、後は大したことはないという。よく足を洗うことだ。それから大鍋のなかに香草や野菜の切れっぱしといっしょに投げ込み、根気よく茹であげる。それで御仕舞と、彼はいった。

何だ、それって韓国の豚足と同じだとわたしは思った。だが考えてみれば、豚の足を調理するのに、それ以外のもっと上品な方法があるだろうか。要は臭みを取り、ゼラチン質の部分が柔らかくなるまで煮るだけなのだ。アパートに戻ったわたしは、ただちに調理にかかった。骨と軟骨からは相当に大量のコラーゲンが析出されたのだろう。翌朝に覗いてみると、大鍋のなかはすっかり煮凝りになっていた。

わたしがバスティーユのあたりをフラフラと彷徨っていたころ、同じパリには津島佑子さんが滞在していた。わたしの記憶では、彼女はパリ大学のどこかの分校に研究員として籍を置きながら、アイヌの叙事詩をフランス語に直す作業に携わっていたのではなかったかと思う。わたしのアパートでパーティを開いたときに、彼女はたしか国際交流基金の人といっしょにやって来た。日本人とフランス人が十人ほど来た。最初は静かだった人たちが、ワインが廻ってくるにつれてしだいに声をあげるようになり、パーティにふさわしい賑やかさの高原状態が続いた。あるとき、突然ベートーヴェンの『月光』が部屋中に鳴り響いた。居合わせた誰もが沈黙し振り返ってみると、不在の作曲家のピアノを借りて、津島さんが弾いているのだった。

その夜、わたしは彼女と何を話したかをよく憶えていない。ただひとつだけ、自分はたいがいのものは食べられるけれど、肉屋に並んでいるあのブーダン・ノワールというのだけは怖くてまだ食べたことがないと彼女が話したことが、わたしには可笑しかった。そこで改めて彼女を招待し、アリグル広場で買い求めた巨大なブーダンを茹でて出してみた。ブーダンにはリンゴのピュレを付け合わせに添えるといいと聞いたので、その通りにしてみた。津島さんは最初は気味悪がっていたが、食べ出すと安心したのか、ペロリと平らげてしまった。

この二度目の来訪のとき、彼女は帰りぎわに気になることを口にした。詳しくは知らないのだけれど、中上さんが肝臓か腎臓のどちらかが悪く、どうやら入院したらしいと、彼女はチラリといった。きっと新宿で呑み過ぎたんじゃないかなと、わたしは気楽に答えた。わたしには、まるでブーダン・ノワールのように太った体形の中上健次が、病院の寝台に横たわって大人しくしていることを想像することが難しかった。津島さんは「そうだといいのだけど」と心細げにいい、帰っていった。

わたしはしばらくしてバスティーユを離れ、東京に戻った。そしてその年の夏、中上健次が癌で四六歳の生涯を終えたことを知らされた。

豚ロース鍋のこと

吉本隆明

食欲はたいへん小ぢんまりしてきたのに、いまでもテレビの食べ物番組はよく見ている。最近も衰えず話題にされるのは、中華そばの名店といった話である。味だけは負けないぞと、大小さまざまな店が登場する。小さな中華そば屋さんの若い店主が趣向をこらして、いいだし味をあみだしたことで、客が店前で行列をつくっている映像などが出てくると、そうだ頑張れ、味の世界は無限で多様だ、と応援したくなる。

一方で、だし汁の味だけでそれほどの勝負ができるものなのかなとも思えてくる。そうなると、応援の声もしぼんでくる。素晴らしい中華そばの味を知っている友人が、たまたま通りかかったふりをして、名店に案内してくれたら、そうしたわたしの味へのおびえはたちまち消える気がするのだが。

壮年のころ、「クック」という料理雑誌から自分でつくることができる家庭料理のことをと言われ、家人が考え出し、わたしもときどきつくっていた豚ロース鍋のことを書いた。中華そばの話の店主と同じで味はうまいぞ、うまいぞと他人に告げたくて仕方がなかったが、本当にうまいか、独りよがりかはまったくわからないものだった。

肉屋さんで豚ロースの薄切りを三～四人分で四〇〇グラム、八百屋さんで白菜一個、玉ねぎ二～四個を求める。底の浅い平鍋に水だけ入れ、白菜の葉先とお尻の部分を少し削いで、三～四センチに切り分けたものを入れ、豚ロースの薄切りを白菜の間ごとに挟む。はじめは温和に、終わりに強火で煮て、おろした玉ねぎと醬油につけて食べる。

酒やビールと一緒でも、炊き立ての熱い御飯と一緒でもいい。わたしには絶品だった。残った鍋には味噌を入れて、またぐつぐつ煮込んで豚汁にした。これもまた絶品だった。けれども、この絶品はまったくあてにならない。わたし一人しかそう言わないか、多くてもときどき食べさせられた家族しか言いそうもないからだ。

最初から強火で煮込むと肉が固くなるとか、白菜の葉先とお尻の部分はいさぎよく切り捨てた方がいいとか、玉ねぎのすりおろしの醬油には少量の味醂を入れてくださいとか言い出すと、料理の領域に入って、わたしなどの守備範囲を超えてしまうから言わないことにしている。

昨年、亡くなった詩人の清岡卓行さんに、わたしは豚ロース鍋の「記事」をふるまったことがあった。追悼会の日、隣に座っていた清岡さんの詩友那珂(なか)太郎さんから小さな声で、清岡さんはときどき、ヨシモト鍋にしようかと言ってたことがありますよと耳打ちのように話してくれた。半世紀近くも会わなかった清岡さんだったが、彼の繊細な気持ちがよく伝わってきて充たされた思いだった。あの豚ロース鍋はわたしの誇れる唯一のつくりものだと、そう思っていいように感じた。こんなことは生涯に一度くらいはあるものなのだ。

豚のフルコース

島田雅彦

イスラム教では豚が不浄の動物ということになっていて、食卓から遠ざけられている。私たち豚食い民族からすると、一生ポークを食べない人がいること自体が不思議だが、その人口は思いのほか多く、十億人を下らない。インドでは牛の数が世界で一番多いが、神聖な動物ゆえ食用にはされていない。ビーフカレーというメニューはないのだ。ただし、それはヒンズー教徒のあいだの話であって、イスラム教徒は食べている。ヒンズー教徒は豚肉食に問題がないはずだが、インドではなかなか豚肉にありつけない。イスラム教徒への配慮からである。中華料理店でさえ、豚料理は出していない。わざわざイスラム教徒の数だけ客を減らすこともないからである。

日本にいると、鶏、豚、牛、魚介類をまんべんなく、日々の食卓にのせているが、豚が欠けると、なんとなく口寂しいものだ。豚の生姜焼も豚シャブもソーセージも豚カツも餃子も食べられないと考えると、なおさらに飢餓感が増す。そこでインドではホテルに籠(こも)って、豚料理のフルコースを思い浮かべ、想像で胸をいっぱいにしてから、レストランに出かけ、羊の料理を食べるのである。むろん、羊はどう料理したって、豚に変わることはない。

　豚料理のフルコースの前菜はやはり、生ハムであろう。それもスペインのハモン・セラーノがいい。熟成が進んだハムは水分が少なく、濃い臙脂(えんじ)色をしている。薄く切ると、鰹節の荒削りのようになり、噛むごとに口中にじんわりと旨味が染み出してくる。これをサイコロ状に切れば、歯応えも堪能できる。中国の金華ハムはハモン・セラーノの水分をさらに絞り、塩分を高め、熟成を進めたものだが、これは調味料としても使うし、スープのだしを取るのに使ったりもする。あのＸＯ(エックスオー)醤(ジャン)の中にも細かく刻んだものが入っている。

　生ハムメロンはイタリア料理の前菜の定番だが、イチジクや桃、柿ともよく合う。私が好きなのは焼いたアスパラガスに生ハムの薄切りを巻きつけたもので、脂の部分が透明になったところをかぶりつくのがいい。生ハムの背脂はバターの代わりにトーストにのせてもいいし、ピッツァにトッピングしてもいい。生ハムの赤い部分に熱を通してしまうと、ただのハムになってしまうのだが、熱で溶け出した脂身は絶妙なソースに変わるのである。赤身の多い肉、たとえば馬や鹿の肉を料理する時は、旨味に富んだラードを補ったりすることもある。しかも、バターよりも体によかったりする。

二品目にはきゅうりの千切りや白髪ネギと一緒にポン酢で食べるしゃぶしゃぶの冷製なんていいかもしれない。あるいは胡麻油と醤油で味付けしたネギチャーシューも捨てがたい。鹿児島のおでんに入っているトンコツなんてどうだろう。ちょうどベーコンに使う軟骨つきのアバラの部分を麦味噌仕立てのだしでじっくり煮込んだそれはおでんダネの王といってもいい。

問題はメインである。やはり豚カツあたりが順当なところだろうか。豚肉をたたいて薄く延ばし、ウインナシュニッツェル風にするのも悪くない。名古屋の味噌カツはどうか。やはり、豚カツには大根おろしをのせ、海苔をまぶし、あっさりと白醤油をかけて食べるのがよいのではないか。いや、豚カツは前菜にまわして、メインは中華で決める手もある。

中華の豚料理の代表選手といえば、それは東坡肉（トンポウロウ）だろう。紹興酒やざらめ、醤油などの調味料をはり、ネギや八角や生姜やクコの実などを加えた土鍋に、下茹でした皮付き豚の三枚肉を横たえ、オーブンの中で土鍋全体を熱するのである。皮は飴色に染まり、脂は抜け、ゼラチンだけが残り、赤身は霜柱のようにほろりと崩れる。ご飯に合うのはもちろん、饅頭にはさんで食べるのが、近頃の流行だ。豚肉に味を染み込ませる時に高菜漬を刻んで加え、一緒に煮ると、独特の風味がプラスされ、いっそうまくなる。高菜は豚の脂と相性がよいのだ。豚のフルコースの締めくくりは、高菜入り煮汁のぶっかけご飯である。これは中国の労働者のようにいっきにかきこんでこそおいしい。

ギャートルズ

園山俊二

なにがー

お前ら料理というものをしらん
リョーリ!?

ものをうまく食うことだ

ぼんやりしてねえで火を燃やせ

これでいいか
よしよし

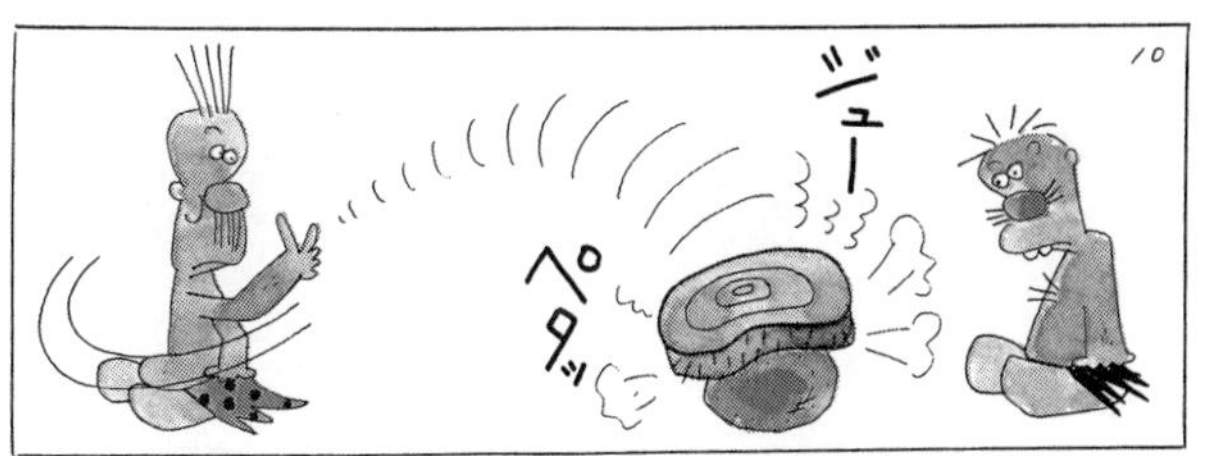
ジュー
ペタッ

この上に岩塩
トンガラシ

フケなども適当に
きたねえな

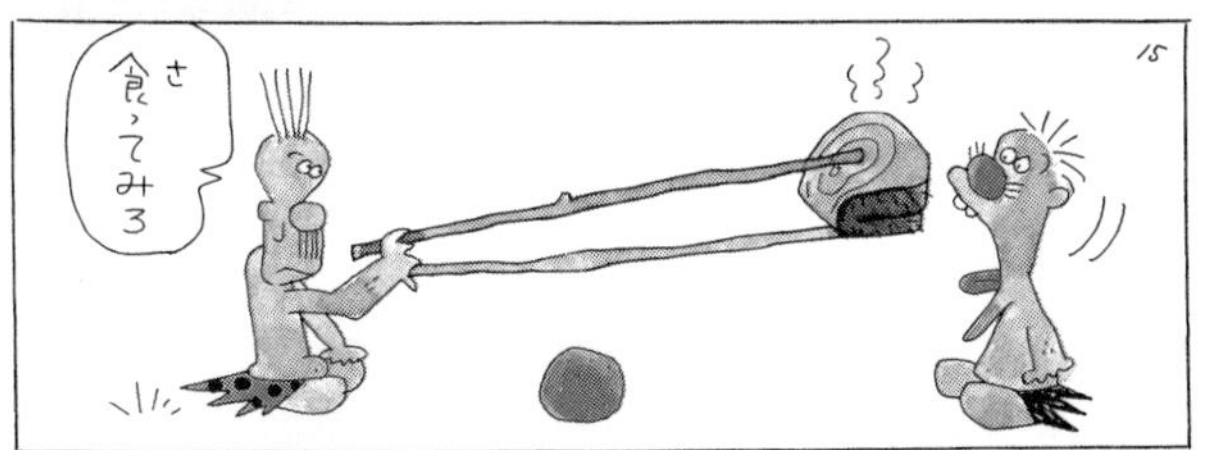
さ食ってみろ

ンンーー
?!

んめえ
だろ

なあ
外に
どんな料理の
方法がある

そうさな
「煮る」というのも
あるな

よし
おりゃ
その
煮るっての
やって
みるぜ

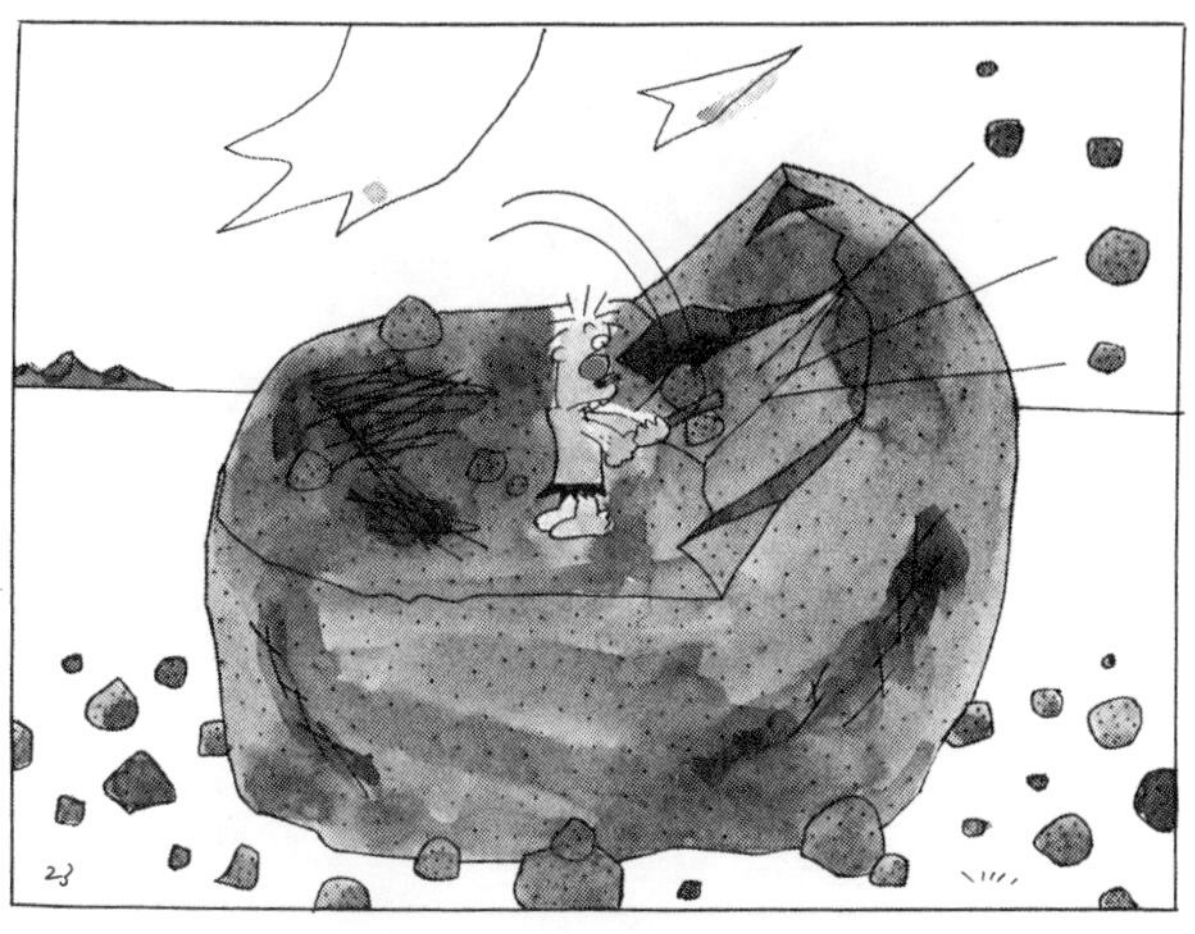

できた できた

25
お前さん
トンガラシ
このくらいで
いいかい

よしよし
26

27
さあ
食って
みろ

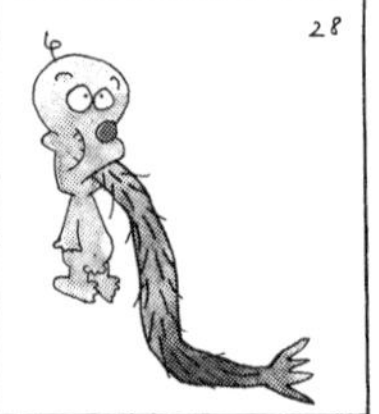
28

29
チュル
チュル
チュル

30
ン
ッ

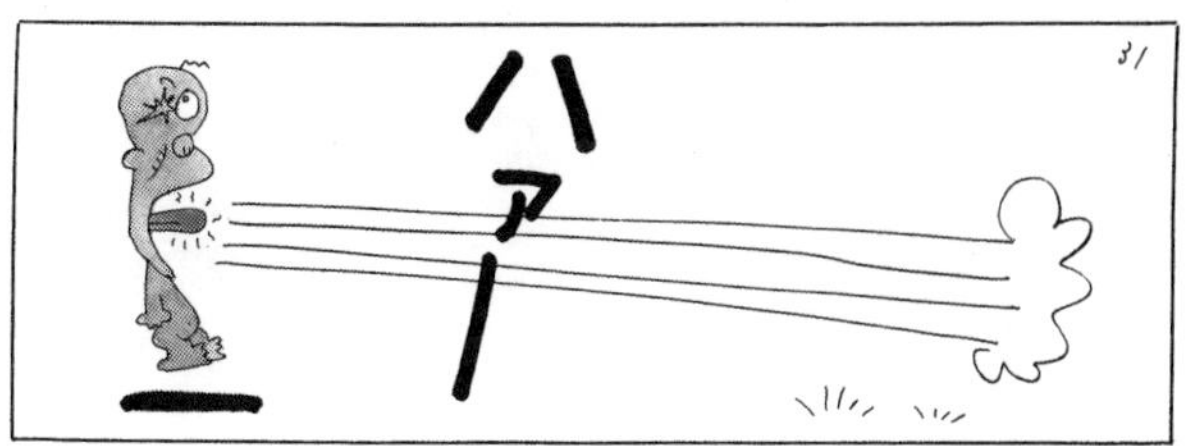
31
ハアー

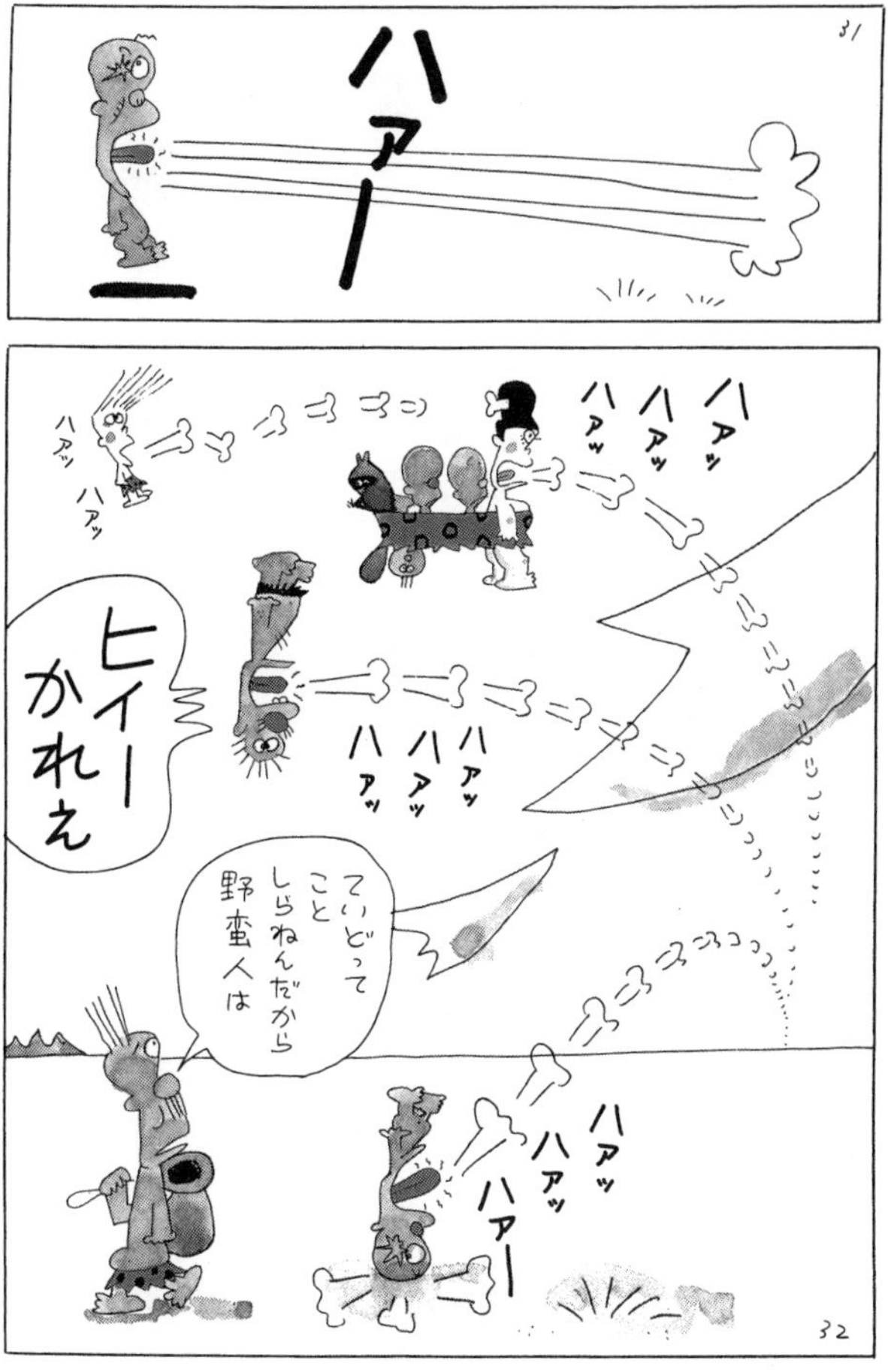

ハアッ
ハアッ
ハアッ
ハアッ
ハアッ
ヒイー
かれえ
ハアッ
ハアッ
ハアッ
ていどって
こと
しらねんだから
野蛮人は
ハアッ
ハアッ
ハアー
32

獣の味

平松洋子

四方を山に囲まれた忍者の里・伊賀の山中に、かつて冬のあいだだけ灯がともるプレハブ仕様のちいさな料理店があった。宵闇にぽっかり浮かぶ看板に「りょうし屋」。料理はたったふたつ、猪と鹿だけ。扉をがらりと開けると、大きなストーブが出迎えてくれる。

地元の友人たちの案内で「りょうし屋」に初めて足を踏み入れたときのことだ。その猪のうまさにしてやられた。日本全国いろんな土地で猪を食べてきたけれど、伊賀の猪の脂の軽やかさ、肉の香ばしさ、ふくよかさは比類がなかった。

「りょうし屋」恋しさに身を捩りながら次の冬をじりじり待ち焦がれ、その翌年もやっぱり駆けこんだ。

「冷えるねえ」

雪のちらつく底冷えの夕刻、迎えてくださったのは店主の秋田さんだ。じつは秋田さんこそ自他ともに認める伊賀一の鉄砲撃ち。二十二歳で鉄砲を手にして以来四十五年、こと猪猟にかけては当地で右に出る者はいない。

「ここで出す猪と鹿は、私が獲(と)って、私がさばいたものだけ。今日は猪の内臓が新鮮でうまいよ。ちょうど昨日、デカい奴が獲れたばっかりだから」

獲れたての心臓とレバー。いきなりのお出ましである。すぐさま生つばをごくり飲みこんだのは、一年前の猪鍋のおいしさを体験していたからだ。

「なにしろ伊賀の猪は、松茸(まつたけ)のアタマも食べてるからねえ」

今宵は、生まれたときから地元の猪を食べて育ってきた陶芸家の福森雅武(まさたけ)さんもいっしょだ。

「伊賀は土地が粘土質で痩せていて、どんぐりや栗(くり)、わらびの根っこ……猪の好物がうまいから、そのぶん肉もうまい。この辺はウサギやアナグマ、ヤマドリ、ツグミもとびきりの味です」

伊賀はジビエの隠れ里なのだった。そこへさっそく大皿が運びこまれてきた。

「おお」

一座がどよめく。牡丹(ぼたん)さながら、花弁を紅白に染め分けた猪肉があでやかに咲き誇っている。さあ、猪鍋の始まりだ。

大きな鉄鍋があたたまるそのあいだに、まず内臓を肴に一献。最初に箸を伸ばしたのは、ごま油と塩を振ったレバ刺し。口に含むと、とろんと甘い。臭みもまるでない。心臓はコリッと軽快な歯ごたえ。鹿肉のユッケをさくっと噛めば、たちまち独特の甘みが豊かに満ちる。さらには生姜醤油で味わう鹿のフィレの刺身の、あっさり上品なこと。食べてみればすぐわかる。どれもこれも質は極上、鮮度も抜群。

「では、いきますか」

ぐつぐつ煮えた味噌仕立ての鉄鍋に牡丹の花弁を豪快に散らし、火が通ったらすぐさま箸で引き上げ頬張る。

猪の脂は、なぜこんなに軽やかなのだろう。肉ひとひらひとひら、真っ白な脂肪がたっぷりついているのに、いくら食べても重さが嫌みにならない。おいしさに背中を押されて箸は止まらず、あとを引くばかり。牛でも豚でも決して味わえない、それは猪だけの野山の香り、土の上を走った滋味。そうなのだ、これが伊賀「りょうし屋」の、猪のおいしさの真髄。その秘密がぜひとも知りたい——。

伊賀の山里の懐にもっと深く飛び込んでみたくて、その翌日、福森さんの「土楽窯」を訪ねた。名陶芸家にして名料理人は、ふだん猪をどう料理するのだろう。

「一番好きなのは塩焼きですが、今日はすこし趣向を変えました」

自作の灰釉台皿に彩りよく盛られたのは、ソテーして厚めに切った肝とタン、オーブンで焼いた心臓、そしてロース肉。一片一片を口に運ぶと、レバーのねっとり、タンのぷりぷり、心臓のこりこり、食感と味わいの絶妙なバリエーションが官能的な波状攻撃を仕掛けてくる。福森家の畑で丹精したねぎを箸休めに噛むと、しゃきっと清冽（せいれつ）な苦みに味覚が洗われる。

猪と絶妙の相性を見せる赤ワインに猪突猛進（ちょとつもうしん）していたら、そこへ登場したのが猪のシチューである。ナイフを入れればほろりと崩れる柔らかさ。ドゥミグラスソースに肝を溶かしこみ、こっくりまろやかな濃度がそなわっている。

伊賀の猪はしあわせものだ。こんな美味に生まれ変わらせてもらうのだから。昨夜の「りょうし屋」での秋田さんの言葉が脳裏に蘇（よみがえ）った。

「猪のキバはものすごう鋭い。足も動きも速いから油断は一切できん」

猪は六十〜八十キロ。十一月中旬から三ヶ月間の狩猟期間中、月に三十〜四十頭が獲れる。農作物を荒らす猪は、狩猟だけでなく駆除の対象でもある。みっちり訓練を重ねて仕込んだ犬を引き連れて山に入り、事前に入念な下調べをした猪の通り道に近づき、じわじわ包囲しながら追い詰めていく。

「早いときはわずか三十分。犬が追い立てて走るところをライフルで撃つわけや。私の場合は、猪に与えるダメージが最も小さい眉間（みけん）を一発で打つ」

どこで引き金を引くか。秋田さんは猪の「気持ち」を知り尽くしている。なにしろ自分の命がかかっているのだ。さらに緊張がもうひと山ある。

「その場ですぐ、自分のナイフで血抜きする。まだ心臓が動いているとき、すばやく完璧に血抜きを終えるんですわ、さもなければ血が肉に回って臭みが出る。ここが肉のおいしさの分かれ目や」

気候風土が育(はぐく)んだ猪の持ち味だけではない、当地の猪の味わいは、獲り方、屠(ほふ)り方すべてに習熟した伊賀者の巧みな知恵と技あってこそ。つまり、危険に身をさらした人間と獣、おたがい生死を賭(か)けた闘いを、わたしたちは舌の上にのせていたのだった。

二日後、鋭い霜が山道を凍らせる朝八時。猪猟のスタートに立ち会うため、集合場所の三ツ池に向かった。秋田さんの無線に山中から続々と報告が飛びこむ。

「こちら一番。要所要所見て回ったけど、まだわからずですわ。けど、足跡は間違いなく例のシシやな」

「せやかて、そっちにおる。必ず、おる」

狩猟ジャケットに身を包んだ屈強な男たち総勢十人、秋田さんの片腕メリーちゃんを筆頭に四匹のウォーカーハウンドの犬を従え、ライフル片手に「岳山」目指して進んでいく。映画のワンシーンさながら、その勇姿を見送りつつ、今日の猟の成果を願った。

行く手を見上げると、山は深く、吐く息は白い。伊賀の山里が育んできた深い山野を駆け荒ぶる猪の姿は、どこだ。

韃靼ステーキ

三宅艶子

「タータースステーキ」を初めて食べたのは、ラインゴールドというドイツ人の店でのことだった。そのときは忘れもしない、原さんに誘われて、ラインゴールドに夫と私が行ったのだ。忘れもしないと言いたくなるのは、その時私がフラッと嘘をついてしまったのが、今も恥しく心に残っているからだ。

「艶子さんは、タータースステーキ、初めて?」と原さんに私が訊かれた時「ええ」と一言言えばよかったのに「前に一ぺん食べた」と返事をしてしまった。

私はこれに似た嘘をついて、こりごりしているのに、なんでバカなことを言ったのだろうと思う。その時の嘘というのは、初めてパーマネントウエーヴをかけた時。私は十五歳になるかならない時から、髪のカットにはやかましく、始めは山野千枝子の、次はメイ牛山の、という風に当時一番偉いという美容院に行っていた。結婚式の日も、メイ牛山さんに朝早く家に来て貰い、ウェディングドレスの着つけや、ヴェールの面倒を見て貰った。美容院そのものにはどんな偉い美容師にもおじけづく心配はないのだけれど、パーマネントウエーヴというものが出来てから、もうかなり多くの人がかけているのに、自分は短いカットが好きだからかけずにいて、大分あとにかける気を起したものだった。

よく知っているメイ牛山でなく、どうして前に行っていた丸ビルの山野千枝子の美容院に行ったのかは覚えていないが、鏡の前に坐って髪をとき始める時「パーマネントはお初めてでございますか？」と美容師が訊いた。どうしてあんな返事をしたのか、自分で理由がわからないが、咄嗟(とっさ)に「いいえ」と言ってしまった。言い間違えたのではない。理由もなく「いいえ」と嘘をついたのだ。なんだか初めてですと言ってはバカにされそうな気がしたのかどうか。「あ、そうでいらっしゃいますか」と言いながら、その美容師は私の髪に櫛をいれ、ブラッシをかける。その手を見ながら心配と後悔で、私はわなわなしてしまった。パーマネントウエーヴの液を髪につける時、初めての人と二度目の人と分量が違うのではないか。ほんの少しの量の違いで異変が起るのではないだろうか。（初期のパーマネントは、時々思わぬ故障があって、頭を丸坊主にされたなどという話もよく新聞に出ていたものだ）「私さっき聞き間違えたの。ほんとは初めてなんです」と今言えば間に合う、丸坊主になって一生なおらないより、初めてなのと言い直す方がどんなに楽だか、さ、言うなら今よ、と自分をけしかけて見ても、どうしてもそれが言えなかった。私は生きた心地もしないまま、顔色も青くなって、当時の三時間もかかるパーマの機械の下にふるえていた。あの時のいやな思いを忘れていない筈なのに、なんで嘘をついてしまったのか。

美容院の時と同じように「うそ、ほんとは初めてなのよ」と言えばなんでもなく済むことだ、と言い直すことを自分に命じて見たがやっぱり恥しくて言えない。美容院では髪をとかしただけで一度もパーマがかかってないとすぐわかっただろうが、タータースステーキを前に一度たべたとは、何とおかしなことを言ったのか。美容院でより、お友達の原さんにひょっと嘘をつく方がよっぽどおかしいし、それにきいた途端に嘘とわかってても原さんはだまっているに違いない。尚恥しい。

ラインゴールドは、並木通りの新橋寄りのところにあった。ケテルさんと似たような太ったドイツ人が主人で、店はレストランというよりは喫茶店かバアのように、ボックス風の席にしきられていた。

「タータースステーキを。え、、三人ね」と原さんは命じてから、又今読んでいる本の話を始める。「いやね、タータースステーキを思い出したのは、これのせいなのさ。別にタータースステーキのことが書いてある訳じゃないけどさ」と言って話を切り、ピーター・フレミングの“News From Tartary”をかたわらにおいた。「ほんとのターターステーキはね、韃靼人が肉を馬の背に積んで歩くうちに振動と体の重みで少しずつやわらかくなる、それがもとなんだってさ」と言う原さんに、夫が「ふうん、ターターステーキっていうのは韃靼ステーキってわけか」と言った。「いや、ここでは肉切り包丁でたたくだろうよ。ひどいところじゃ挽き肉機械でじゃあっと挽いて終りさ」「でも韃靼人どうりにパミール高原越えたら二十日じゃ出来ないだろ」

話がそんなことになって来たので、私は少し「一度前に食べた」と言った話から遠ざかりそうな気もした。

ニュース・フロム・タータリー『韃靼通信』は丁度丸善に着いたのだろうか。もう一人の私のごはん友達もその本を読み始めていた。

タータースステーキが、生の肉を自分の皿の上でくしゃくしゃスパイスなどとまぜ合わせるものだと知っていれば「二度目などと嘘をつくのではなかった」と恥しさはいっそう押し寄せて来た。

でも、原さんはちゃんと私の嘘を見抜いて、「この肉の上にサラダオイルをかけて、塩とペパーと、好きならにんにく、そしてこの玉ねぎのみじん切り、みんな一緒にして、そうだ卵の黄身も。みんなここにあるもの交ぜ合わせりゃいいんだよ。薄いトーストにつけて食べる人もいるし、このパンね、こんなのにぬりつけて食っても、肉だけ食べてもどっちでもいいのさ」と言いながら、一つ一つの動作をゆっくりして見せてくれた。

私は赫くなりながら、それでも済まして一応二度目のような態度で、にんにくだけいれずに、ほかのものをみんなかけてフォークでこねまわした。そしてこんがり焼いた薄いトーストにつけて食べて見た。原さんはパンにはつけずその生肉をゆっくり口にいれていた。夫はもともと牛肉といえばセニヤン（生焼）セニヤンと騒ぐ位だから「うん、こりゃあ傑作だ」と気に入っていた。私は恥しがって神経が疲れたせいか、それほどおいしくはなかった。

「韃靼人が山越えするほど馬の尻に敷いていた訳じゃないが、こりゃあよく切れるナイフで細かくたたいてある」と原さんが言うと「料理場をのぞきもしないで」と夫。「いや、ここを見て見ろよ、挽き肉じゃこうは行かない」原さんはむきになって生肉を包丁でたたいた状態を見せていた。

あれから何十年たったのか。今ではタータースステーキはそれほど珍しくなく、いく度か出逢うようになった（タータースステーキだけでなく、この頃の日本はさまざまな国のさまざまな料理があり過ぎる位だ）。私は生焼けは好きでも、全然の生というのに抵抗があって、伊勢松阪のおさしみでも、タータースステーキでもそんなに欲しくない。おいしいとか、まずいということは、恥しいとか得意だとかと同じように、他人がきめることは出来ないものらしい。

肉がなけりゃ

色川武大

私はただの喰いしんぼうで、もちろん食通のつもりもないし、食通になろうとも思わない。で、この小文シリーズも食通家諸氏のお書きになるものとはちがう線を行っているつもりである。

けれども、それにしても、たとえ駄喰いにせよ人前で喰べ物の原稿を書く男としては、どうにもはずかしい所行が多すぎるのではないかと思う。

たとえば、今日、眼がさめて何を喰ったかというと、

鮭のまぜ御飯、味噌汁、鮭缶詰。まぜ御飯は、ひと塩の鮭の身をほぐして、大葉（紫蘇の葉）を揉んだやつと混ぜ合わせる。炊きたてのときは、紫蘇の香りがして、さっぱりと小味な喰べ物であるが、今朝のは昨夜の残りが電気釜に入っていたやつで、香りもなにもない。そうして、鮭御飯に鮭缶詰とくると、つきすぎていて大方の失笑

を買うだけであろう。

私にしても、さすがに気が変らない気がするけれど、それでも茶碗に二杯半喰べた。朝の六時すぎで、カミさんもまだ寝ている。昔ならこういうときは私自身がまな板と包丁を持って、チョコッと一皿二皿作ったりしたものだ。それがなんとなく面倒くさいのはやりつけないからであろう。

したがって、味噌汁も、スーパーで買ってきたインスタント物。これが、うまいというわけではないが、なんとか吸える。

インスタント味噌汁に、鮭御飯に鮭缶。

なんという無神経さであろう。

けれども私自身はこういうことをたいして気にとめていないのである。うちのカミさんは、いり豆腐を御飯にぶっかけて、ぐじゃぐじゃにして喰べるけれども、真似してみるとなんとなくうまい。

昔、文化学院の美術科に行っていた女学生が、アルバイトに家事を手伝ってくれたりしていたが、その中の一人が、なかなかかわいい娘なのだ、どういうわけかじゃがいもが好きで、一生懸命じゃがいもを擂（す）りおろしてくれて、どろどろの味噌汁を作ってくれる。

それはいいが、じゃがいもとさつま揚げの煮物、じゃがいもを千切りにしていためたもの、じゃがいもコロッケと、膳の上がじゃがいもだらけで、電気釜のふたをあけるとじゃがいもが炊きあがっているのではないかと思うくらいだった。

　彼女がくるたびにそういう献立になる。私もじゃがいもは嫌いではないから、特に悲鳴をあげるほどではない。

「君は、喰べ物では、何が好きなの」

「──じゃがいもです」

「そうだろうね。それから──?」

　すると彼女は、はずかしそうに、

「──里芋」

といった。

　そういうこともなんとなくなつかしいし、今となってはもう一度、じゃがいもオンパレードを喰べてみたいような気もする。

　もっともね、いいかげんな喰い物が好きなのは私ばかりではないような気もする。私のように五十男になって、なおかつ駄喰いをするという人はすくないかもしれないが。

　私は家庭を大事にしなかったから、家庭の秩序から生まれてくるような喰べ物を喰べられなくて当り前なのである。たいがいの人は、家庭の秩序を大切にするために、他の楽しみを犠牲にしているのだから。

けれども、負け惜しみではなくて、料理屋の立派な料理というものも、近年ますます、おいしいと思わなくなってきた。

もちろん例外はあるのだけれど、日本料理に特にそれを感じる。私は稼業がら、対談だとかで格式のある料理屋にときどき出向くけれども、対談という仕事があったりすると、しゃべる方に気がいって、喰べる物の味などわからないのが普通ではあるが、以前ほど高級料理店というものが楽しみでなくなってきた。

鮎というものがある。ときどき知人から送ってもらう天然鮎など、おいしいと思うけれども、料理店で塩焼になって出てくる鮎に、点数が辛くなった。私が舌音痴なのであろうか。なんだか味気がない。

鮎というものは、やっぱり川のほとりで獲れたてか、あるいは囲炉裏ばたで串に刺した奴を焼いて、ふうふういいながら喰べるとか、要するに乱暴に喰べるもののような気がする。料理屋の一匹づけの、しかもさめてしまった鮎を、チビチビ喰ってもなんということはない。お造り、酒蒸し、揚げ物、まずいというわけじゃないが、私にとって喰べ物は総じて基本的にまずくないので、たとえまずくなくても、これがわざわざ楽しみにして出向いてきた喰い物か、という気がする。

野菜のたきものというのが、青みがすくなくて、海老芋だの、ぜんまいだの、それもほんのひとくち。うす味のせいか、喰べた印象が残らない。といって味が濃いからいいというわけではないが。

結局、料理店で一番うまいのは、最後に出てくる米飯と味噌汁、新香の類で、これとてほおばってしまえば、ふた口ぐらいでなくなってしまう。

平凡なことだけれども、腹が減っているときに、ありあわせのもので喰べるのが、一番うまい。外での食事は、家庭内ではちょっと作れないような種類のものをえらぶにかぎるように思う。

牛丼というものを、私は小学生の頃に、父親から教わった。

私の家の墓は、上野の谷中（やなか）にあり、父親と一緒に墓参に行くと、帰りには浅草に寄って映画を見せてくれ、何か喰べさせてくれるのである。

後年、というより、まもなく、小学生の身で、学校をサボって浅草をうろつくようになるとは知らず、父親は、せっせと浅草に連れていってくれた。当時、娯楽街というとまず第一に浅草という頃だ。

ターザン映画、ディズニーの漫画、チャンバラ映画。それから〝梅園〟の餡蜜（あんみつ）、〝五十番〟のシュウマイ、〝今半〟のすき焼弁当、〝松尾〟のお子さまランチ、〝須田町食堂〟のチャプスイ。

父親は、なぜか、ジャングル映画を自分でも好んでいたようなふしがある。野獣が現われ、人間と格闘しはじめると、大きく口をあいて感嘆詞など発し、仕とめられると失笑をしたりする。後年、軍人時代によく狩りをした思い出話などきいて、なるほどと思ったりした。

ある夕方、父親が田原町の電車通りに並んだ屋台の牛めし屋の一軒に、私の手をひいて入ったことがある。汚れたのれんの、立喰いの店で、あまり子供連れでいく所ではないのだけれど、父親は軍隊を退役して、ひと頃上野に住んでいたので、その頃さかんに喰っていたのであろう。

今の牛丼は、どんぶりだが、その頃のは、普通の茶碗だった。上に、今でいえば、モツ混ざりの肉と葱に白滝が入った汁をかけてくれる。

それがうまくて、二杯お代りした。

私の記憶では、やっぱり屋台で、とろろ飯を父親と一緒に喰ったと思うが、味は格段に牛めしの方がうまかった。

喰い終って、道を歩きながら、父親がいう。

「今、喰ったのは、カメチャブ」

「カメチャブ――?」

「ああ、そういうんだ。大人はね。うまかったか」

「うん――」

「カメというのは、洋犬のことだな。明治の頃に外人がね、犬を呼ぶのにカム、とかカムオン、とかいっている。それで外人の犬が、カメ、ということになったんだ」

それじゃ、さっき喰ったのは犬の肉か、と思った。

「チャブってのは——?」

「これも中国語らしい。軽い食事のことだな」

「犬の肉なの——?」

「さァ。なんでもいい。男はなんだって喰っちまえばいいんだ」

チャブというのは当世風にいえば、スナックかな。以前、横浜本牧にチャブ屋という、船乗り相手の淫売屋があったから、相当広い意味に用いるらしい。

その頃は、屋台には牛めし屋がたくさんあり、犬の肉ではあれだけの数はまかなえないだろうから、雑多な肉を使っていたろうが、くず肉と、当時ただのように安かった内臓部分であろう。私にはその内臓部分と思えるところがうまかった。

あるいは、飼犬にやる汁かけ御飯に似ているところから、犬めし、という意味でついたのかもしれない。

その頃でも、我が家でときどき、すき焼をやった。しかし私には、あのカメチャブの方がもっとうまかったように思えてならない。

小学生高学年の頃、私はすでにこっそり一人で浅草に行っていたが、子供の小遣いでは映画かレビューを見るくらいで終ってしまって、とても喰べ物には廻らない。電車にも乗らずに、往復歩いてくるのである。

だから、私は、カメチャブやおでんや、焼鳥や、屋台の匂いだけかいで、あそこにはうまい物がたくさんあるな、と思っていた。そのうちに戦争が烈しくなって、巷から喰べ物が姿を消してしまうのである。

だから私は、肉というと、まずカメチャブのくず肉を、成人するまで思い描いていた。すき焼とか、トンカツとかは、その次に来るイメージだった。

成人してからも、それに近くて、私にとっての肉は、うす切りにした和風のものに一番親近感がある。ステーキというものも、まずいとは思わないけれども、ナイフを入れて肉の赤い肌を見ると、なんとなく、あまりにも栄養素的で、身もふたもないものを喰べているような気になる。そのくせ、ステーキを喰べるとしたら、やっぱりレアであるが。

私どもの世代は戦時中の飢えの年月を通過しているので、肉、というものに大げさなイメージを持ちすぎているかもしれない。私どもの子供の頃は、肉があればご馳走だった。どんなに手数をかけた、うまい野菜料理でも、肉の姿が見えないと、なんとなく貧相に思えたものだ。

そういうことに対する反省もあって、肉、何するものぞ、という姿勢になる。近頃

の、食料豊富の時代に育った若い人たちが、

「ぼく、肉と魚は嫌い――」

というのとは意味がちがって、我々の場合は、どうもうさんくさい。

カミさんは、私と十五ほど年がちがうが、肉類というと、挽き肉しか喰べない。あとは鶏の皮と脂肪のないところを少し。

それで私は口惜しいから、ハンバーグは大嫌い、ということにしている。実は、べつに嫌いでもなんでもないけれど、カミさんに対するこらしめのひとつとして、ハンバーグは喰べない。

すると彼女は、私と一緒に食卓に向かうとき、かならず自分だけハンバーグを喰べる。

「おい、それは合挽かね」

「ええ、百グラム八十円」

「それはいいが、君の大嫌いな脂肪がたくさん混じってるぜ」

「でも、眼にはそう見えないわね」

「それに、挽き肉って、なんだか残酷だろう」

「――どうして?」

「だって、機械で押しつぶして、一瞬にして挽いてしまう。それで自分も他者も、一

緒くたになって出てくる」

「そんなこといわないでよ、今せっかくいい気持ちで呑んでいるんだから」

　大藪春彦氏がよく行く店であるが、池袋にうまいものを喰わせる店があり、そこでは、特別料理として、白子の料理があるらしい。

　なんでも、母豚の胎内にある白子をとりだしてきて、そのまま挽肉機にかけてしまうのだそうである。白子とはいえ、豚の恰好をしているものを、挽いてしまうというところがおそろしいような気がする。私は悪食はわりに平気だけれど、この料理は喰いたくない。

　もっともね、うす切りだって、筋道はおなじで、ただそういってみるだけかもしれない。親子丼という発想も、残酷なものを含んでいる。

　肉屋という商売は、仕入れによほどの顔が必要であるらしく、店によって品物がかなりちがう。よい肉を売る店は概して安く、まずい肉を売る店が、少しも安くない。よい肉屋はたくさん売れるからだというだけではないようだ。

　私のところでは、西荻窪駅前の〝常盤屋〟、下落合の聖母病院の隣の〝中西屋〟、この二軒がごひいきである。両方とも、他の肉屋より二割方安くてうまい。都心に出ると、青山のスーパー紀ノ国屋の肉も買う。このスーパーは元は肉屋だったのだが、場所柄、質はよいけれども安くはない。

街で肉を喰うとすると、という問題に関しては、私は適格者ではないようだ。知人に肉好きが多くて、会食をするときに、しばしばそういう店を使うけれども、ステーキというものを、厳密に味わいわける舌がない。

神戸と同系の店の新橋の〝贔屓皮（あらがわ）〟は、すこぶる上等という感じはしたが、なにしろ値段が高かった。知人と二人で、（特上のところだったのかもしれないが）十万円の前後はしたと思う。ひと晩の食事に貯金をひきだしていくのなら、ステーキよりも、他に喰いたいものがある。

知人たちは六本木の〝和田門〟（本店は博多だ）がよいという。ここの肉の刺身は私にも、なるほど、と思わせるものがある。

和風の店には、東京では行ったことがない。そのかわり、関西に行くと、すき焼屋に入りびたる。大阪でも京都でも神戸でも、私のような東京者には、どの店もうまい肉を安く喰わせてくれる。

ただし、私は肉がご馳走の典型とは思わなくなって久しい。それどころか、ご馳走というものにあまり魅力がなくなってきた。肉や魚に使う銭を、ほかの喰い物にかけたい。たとえば、米とか、味噌とか、豆腐とか、新香とか、こういうものにならばもっともっと凝ってみたい。

私も結局、老年なのか。それとも平和の有難みになれて贅沢三昧をいっているのか。

著者略歴

◎ありが豚　『今日もごちそうさまでした』アスペクトより

角田光代　かくたみつよ

一九六七年、神奈川生まれ。小説家。『まどろむ夜のUFO』で野間文芸新人賞、『空中庭園』で婦人公論文芸賞、『対岸の彼女』で直木賞、『八日目の蟬』で中央公論文芸賞、現代語訳『源氏物語』で読売文学賞など受賞多数。その他おもな著作に『幸福な遊戯』『かなたの子』『タラント』など。

◎スキヤキスキスキ　『娘の味　残るは食欲3』マガジンハウスより

阿川佐和子　あがわさわこ

一九五三年、東京生まれ。小説家、エッセイスト。檀ふみ氏との共著『ああ言えばこう食う』で講談社エッセイ賞、『ウメ子』で坪田譲治文学賞受賞。その他おもな著作に『聞く力』『ブータン、世界でいちばん幸せな女の子』『母の味、だいたい伝授』など。

◎エラクなりたかったら独身だ、スキヤキだ　『開高健全集　第21巻』新潮社より

開高健　かいこうたけし

一九三〇年、大阪生まれ。小説家、ノンフィクション作家。『裸の王様』で芥川賞受賞。その他おもな著作に『輝ける闇』（毎日出版文化賞）、『ベトナム戦記』『オーパ！』など。一九八九年没。

◎牛鍋からすき焼へ　『ロッパの悲食記』ちくま書房より

古川緑波　ふるかわろっぱ

一九〇三年、東京生まれ。喜劇役者、随筆家。喜劇役者として一時代を築く一方で、映画や食に関する著作を遺した。おもな著作に『ロッパ食談』『あちゃらか人生』など。一九六一年没。

◎すき焼きの記憶――「自作の中の味」という課題で　『逃げていく街』新潮文庫より

山田太一　やまだたいち

一九三四年、東京生まれ。脚本家、小説家。『異人たちとの夏』で山本周五郎賞受賞。代表作は「男たちの旅路」「獅子の時代」「ふぞろいの林檎たち」など。おもな著作に『沿線地図』『岸辺のアルバム』など。

◎すき焼きが好き　『村上ラヂオ』新潮文庫より

村上春樹　むらかみはるき

一九四九年、京都生まれ。小説家、翻訳家。『風の歌を聴け』で群像新人文学賞、『世界の終りとハードボイルド・ワンダーランド』で谷崎潤一郎賞受賞。その他おもな著作に『ノルウェイの森』『1Q84』『騎士団長殺し』『一人称単数』『街とその不確かな壁』など。訳書に『最後の大君』（スコット・フィッツジェラルド）など。二〇〇六年、フランツ・カフカ賞、二〇〇九年、エルサレム賞受賞。

◎ビフテキ委員会　『ごちそう探検隊』ちくま文庫より

赤瀬川原平　あかせがわげんぺい

一九三七年、神奈川生まれ。前衛芸術家、小説家、随筆家。尾辻克彦名義で書いた『父が消えた』で芥川賞受賞。その他おもな著作に『超芸術トマソン』『新解さんの謎』『老人力』など。二〇一四年没。

◎世界一のステーキ　『馳星周の喰人魂』中央公論新社より

馳星周　はせせいしゅう

一九六五年、北海道生まれ。小説家、評論家。『不夜城』で吉川英治文学新人賞、『鎮魂歌―不夜城Ⅱ』で日本推理作家協会賞、『少年と犬』で直木賞受賞。その他おもな著作に『夜光虫』『M』『約束の地で』『黄金旅程』『月の王』など。

◎肉それぞれの表情　『たべもの芳名録』文春文庫より

神吉拓郎　かんきたくろう

一九二八年、東京生まれ。小説家、俳人、随筆家。『私生活』で直木賞、『たべもの芳名録』でグルメ文学賞受賞。その他おもな著作に『笑う魚』『洋食セーヌ軒』など。一九九四年没。

◎とんかつとカツレツ　『完本池波正太郎大成　第二十九巻』講談社より

池波正太郎　いけなみしょうたろう

一九二三年、東京生まれ。小説家、劇作家。『錯乱』で直木賞受賞。その他おもな著作に『鬼平犯科帳』

『剣客商売』『仕掛人・藤枝梅安』の各シリーズ、『食卓の情景』『散歩のとき何か食べたくなって』など。一九九〇年没。

◎味噌カツ　『向田邦子全集新版　第八巻』文藝春秋より

向田邦子　むこうだくにこ

一九二九年、東京生まれ。脚本家、作家。「花の名前」などで直木賞受賞。代表作に「だいこんの花」「寺内貫太郎一家」など。おもな著作に『父の詫び状』『思い出トランプ』など。一九八一年没。近年編まれたエッセイアンソロジーに『海苔と卵と朝めし』『メロンと寸劇』『家業とちゃぶ台』などがある。

◎冬でも夏でも、たんてきに、足が冷たいんである　『安心毛布』中央公論新社より

川上未映子　かわかみみえこ

大阪生まれ。『乳と卵』で芥川賞、詩集『先端で、さすわ　さされるわ　そらええわ』で中原中也賞、『ヘヴン』で芸術選奨文部科学大臣新人賞および紫式部文学賞、『愛の夢とか』で谷崎潤一郎賞、『夏物語』で毎日出版文化賞など受賞多数。他の著書に『春のこわいもの』『黄色い家』など。『すべて真夜中の恋人たち』の英訳が「全米批評家協会賞」最終候補にノミネート。

◎ビフテキとカツレツ　『食味風々録』新潮文庫より

阿川弘之　あがわひろゆき

一九二〇年、広島生まれ。小説家。『春の城』で読売文学賞、『山本五十六』で新潮社文学賞、『志賀直哉』で野間文芸賞、毎日出版文化賞受賞。その他おもな著作に『米内光政』『井上成美』など。一九九九年、

文化勲章受章。二〇一五年没。

◎昔のトリ　『不敵雑記　たしなみなし』集英社より

佐藤愛子　さとうあいこ

一九二三年、大阪生まれ。小説家、随筆家。『戦いすんで日が暮れて』で直木賞、『幸福の絵』で女流文学賞、『血脈』で菊池寛賞、『晩鐘』で紫式部文学賞受賞。その他おもな著作に『愛子』、エッセイ『九十歳。何がめでたい』など。

◎焼きトリ　『きょうもいい塩梅』文春文庫より

内館牧子　うちだてまきこ

一九四八年、秋田生まれ。脚本家、小説家。代表作に「ひらり」「毛利元就」「都合のいい女」。おもな著作に『女はなぜ土俵にあがれないのか』『十二単衣を着た悪魔　源氏物語異聞』『小さな神たちの祭り』『老害の人』など。

◎鴨よ！　『スペインの宇宙食』小学館文庫より

菊地成孔　きくちなるよし

一九六三年、千葉生まれ。音楽家、文筆家、音楽講師。おもな著作に『菊地成孔の映画関税撤廃』『菊地成孔の欧米休憩タイム』、ミュージシャンとしては、菊地成孔とぺぺ・トルメント・アスカラール、ラディカルな意志のスタイルズで活動中。

◎焼肉　『食い意地クン』新潮文庫より

久住昌之　くすみまさゆき

一九五八年、東京生まれ。漫画家、エッセイスト。漫画原作では、作画・泉（現・和泉）晴紀の泉昌之名義『かっこいいスキヤキ』、作画・谷口ジローの『孤独のグルメ』など。その他おもな著作に『麦ソーダの東京絵日記』『勝負の店』『久住昌之の終着駅から旅さんぽ』など。

◎夕食　肉は「血湧き肉躍らせつつ」『作家の口福』朝日文庫より

井上荒野　いのうえあれの

一九六一年、東京生まれ。小説家。『切羽へ』で直木賞、『そこへ行くな』で中央公論文芸賞、『その話は今日はやめておきましょう』で織田作之助賞など受賞多数。その他おもな著作に『もう切るわ』『あちらにいる鬼』『生皮』『小説家の一日』など。

◎日本風焼肉ブームに火がついた『口奢りて久し』中央公論新社より

邱永漢　きゅうえいかん

一九二四年、台湾生まれ。作家、実業家。『香港』で直木賞。その他おもな著作に『食は広州にあり』『邱永漢ベスト・シリーズ』『株の原則』『お金持ちになれる人』。二〇一二年没。

◎ビーフ・シチュー　『檀流クッキング』中公文庫より

檀一雄　だんかずお

一九一二年、山梨生まれ。小説家、随筆家。『真説石川五右衛門』で直木賞、『火宅の人』で読売文学賞、日本文学大賞受賞。その他おもな著作に『リツ子　その愛』『夕日と拳銃』など。一九七六年没。

◎血よ、したたれ！　『女たちよ！』新潮文庫より

伊丹十三　いたみじゅうぞう

一九三三年、京都生まれ。映画監督、エッセイスト、イラストレーター、俳優、TVドキュメンタリー・CM制作者。監督作品に「お葬式」「タンポポ」「マルサの女」など。おもな著作に『ヨーロッパ退屈日記』『再び女たちよ！』など。訳書に『ポテト・ブック』（マーナ・デイヴィス）など。一九九七年没。

◎梅田で串カツ　『東京飄然』中公文庫より

町田康　まちだこう

一九六二年、大阪生まれ。小説家。『くっすん大黒』にてbunkamuraドゥマゴ文学賞、野間文芸新人賞、『きれぎれ』で芥川賞、『土間の四十八滝』で萩原朔太郎賞、『告白』で谷崎潤一郎賞、『宿屋めぐり』で野間文芸賞など受賞多数。その他おもな著作に『屈辱ポンチ』『ホサナ』『ギケイキ』など。

◎牛カツ豚カツ豆腐　『爆撃調査団 内田百閒集成12』ちくま文庫より

内田百閒　うちだひゃっけん

一八八九年、岡山生まれ。小説家、随筆家。おもな著作に『冥途』『東京日記』などの小説のほか、『百鬼園随筆』『阿房列車』『ノラや』などの随筆も多数。一九七一年没。

◎豚肉生姜焼きの一途　『ナマズの丸かじり』文春文庫より

東海林さだお　しょうじさだお

一九三七年、東京生まれ。漫画家、エッセイスト。『タンマ君』『新漫画文学全集』で文藝春秋漫画賞、『ブタの丸かじり』で講談社エッセイ賞受賞。長期連載の食エッセイ「丸かじりシリーズ」が大人気。その他おもな漫画作品に『サラリーマン専科』『アサッテ君』など。

◎長崎の豚の角煮　『私の食物誌』中公文庫より

吉田健一　よしだけんいち

一九一二年、東京生まれ。英文学者、批評家、随筆家。『シェイクスピア』で読売文学賞、『日本について』で新潮社文学賞、『ヨオロッパの世紀末』で野間文芸賞受賞。随筆に『甘酸っぱい味』など。一九七七年没。

◎バスティーユの豚　『ひと皿の記憶―食神、世界をめぐる』ちくま文庫より

四方田犬彦　よもたいぬひこ

一九五三年、大阪生まれ。詩人、比較文学者、映画史家。『映画史への招待』でサントリー学芸賞、『モロッコ流滴』で伊藤整文学賞、『ルイス・ブニュエル』で芸術選奨文部科学大臣賞受賞。その他おもな著作に『貴種と転生』『戒厳』『さらば、ベイルート』など。

◎豚ロース鍋のこと　『開店休業』プレジデント社より

吉本隆明　よしもとたかあき

一九二四年、東京生まれ。詩人、思想家、批評家。おもな著作に『言語にとって美とは何か』『共同幻想論』『最後の親鸞』『フランシス子へ』など。二〇一二年没。

◎豚のフルコース　『食いものの恨み』講談社より

島田雅彦　しまだまさひこ

一九六一年、東京生まれ。小説家。『夢遊王国のための音楽』で野間文芸新人賞、『彼岸先生』で泉鏡花文学賞、『退廃姉妹』で伊藤整文学賞、『カオスの娘』で芸術選奨文部科学大臣賞受賞。その他おもな著作に『優しいサヨクのための嬉遊曲』『パンとサーカス』など。

◎ギャートルズ　『ギャートルズ』中央公論社より

園山俊二　そのやましゅんじ

一九三五年、島根生まれ。漫画家。『ギャートルズ』で文藝春秋漫画賞、『がんばれゴンベ』で日本漫画家協会特別賞受賞。その他おもな著作に『さすらいのギャンブラー』『花の係長』『ペエスケ』など。一九九三年没。

◎獣の味　『おとなの味』新潮文庫より

平松洋子　ひらまつようこ

一九五八年、岡山生まれ。作家、エッセイスト。『買えない味』でbunkamuraドゥマゴ文学賞、『野蛮な読書』で講談社エッセイ賞、『父のビスコ』で読売文学賞受賞。その他おもな著作に『肉とすっぽん』『ルポ　筋肉と脂肪』など。

◎韃靼ステーキ　『ハイカラ食いしんぼう記』じゃこめてい出版より

三宅艶子　みやけつやこ

一九一二年、東京生まれ。小説家、評論家。おもな著作に『愛すること愛されること』『トイレッタ』『生きてゆくことの愛　ただひとりの存在のために』など。一九九四年没。

◎肉がなけりゃ　『色川武大　阿佐田哲也全集15』福武書店より

色川武大　いろかわたけひろ

一九二九年、東京生まれ。小説家、随筆家。『怪しい来客簿』で泉鏡花文学賞、『離婚』で直木賞、『狂人日記』で読売文学賞受賞。その他に阿佐田哲也名義の『麻雀放浪記』など。一九八九年没。

お願い
収録作品のなかに、著作権者の方が不明のものがありました。
おこころ当りの方は、編集部までご一報くださいますようお願い申し上げます。

解説　食べものに宿る記憶

田尻久子

菜食主義者、ベジタリアン、ヴィーガンと、呼び名や食べない理由は違えども、肉を口にしない人たちがいる一方で、ジビエ料理店が流行っていたりもする。このまま環境破壊が進めば肉を食べられなくなる日が来るかもしれないが、いまのところはスーパーにも並んでいるから、私は食べる。野生の獣の肉だって食べる。ジビエ料理店や産地に出かけることはなく、知人から頂戴した猪肉を年に数回、家で食べる。ありがたいことだ。平松洋子さんは「獣の味」という一篇で、「当地の猪の味わいは、獲り方、屠り方すべてに習熟した伊賀者の巧みな知恵と技あってこそ」と語るが、確かに私がいただく猪肉も、「今日は上手な人がさばいた」と言い添えてくださるときは味が違う。臭みもなく柔らかで、軽く塩コショウをして焼くだけでおいしい。

　とはいえ、私はさほど肉に執着がない。そんな自分がこの本の解説を書いてもいいのかと思いながら読んだが、読み終わったら無性にカツ丼が食べたくなったので、やはり食にまつわる文章は、なんにせよ面白い。

目次を見ると、やたらすき焼きの文字が並んでいる。やはり、すき焼きには特別感があるのだろうか。関西風か関東風か。卵をつけるか、つけないか。割り下を用意するのか、直接調味料を放り込むのか。「それぞれの家庭によって作り方がこれほどまでに違うかということを、家族以外の人と鍋を囲むたびに思い知らされる」と阿川佐和子さんは語る。

私は熊本で生まれ育っているのだが、熊本の煮物はかなり甘めの味つけだ。もろみに木灰（きばい）を入れた赤酒（あかざけ）という、とろりとしてほんのりと甘い熊本の地酒をみりんの代わりに料理に使うこともある。そもそも醤油や味噌も甘いので、煮物以外の味付けも甘く、当然すき焼きも甘め。関西をルーツに持つ、阿川さん宅と同じだ。社会に出るまで、世の中のすき焼きはすべて甘いものだと思い込んでいた。育った家庭によって、食の作法にはかなりの違いがあると、大人になってから知った。当たり前だと思っていた食べ方が、他人からは驚かれることだってある。でも、そこにあるのは「違い」であって、「正誤」ではない。

肉にまつわる話を読みながら思い出したのは、母がつくっていたカツ丼。私の母は料理が不得意だった。母がカツ丼だと言って供していたのは、なんというか、カツ煮のようなもの。カツ丼といえば、割り下でタマネギとんかつを煮て卵でとじ、丼飯（どんぶりめし）

にのせるのが普通だと思うのだが、うちでは、家族全員分のとんかつがだし汁の中で煮られていた。卵はかき玉汁のように浮いていて、各々ご飯の上にのせて食べる。カツは薄く、衣はふにゃふにゃ。それでもおいしいと感じていたが、外食で食べるカツ丼と同じ料理だとは到底思えなかった。きっといま食べればまずいと感じるだろうに、母が作っていたカツ丼を無性に食べたくなることがある。母は認知症なので、どうやって作っていたかを聞いても、おそらくもう答えられないのだが。

食べることができないから食べたいのかもしれない。「あのトリ肉をもう一度私は食べてみたい」（佐藤愛子「昔のトリ」）と文中にあるが、その「昔のトリ」とは、嚙んでも嚙んでも繊維がこなれず、いつ呑み込めばいいのかわからないというしろものだ。手伝いのおばさんいわく、「滋養だけ吸うといたらよろしいのや」。きっと、いま私たちが食べている柔らかなトリ肉よりはるかに滋養があったに違いない。私たちが食べているトリ肉も、いつかは懐かしいものになるのだろうか。

食べるものには記憶が宿る。目で見て、咀嚼して味わい、最後には血肉となる。それらの感覚は、いろんな方向から記憶の経路をつなぐ。

川上未映子さんは、とんかつ屋さんでおおぶりの鉢に盛られたキャベツを見て、友人のことを思い出す。「色のついていない野菜は食べてもあんまり意味がないねんよ、しかも温めてないと、冷えるだけやし」と言っていたのをほとんど反射的に思い出す。そうは言ってもおいしいと思いながらキャベツを噛みつづけ、いまはもういないその友達との記憶を辿りつつとんかつを食べ、「ジューシーで、かりかりとしていて、独りで食べてもおいしいものはおいしいのだ」とも思う。

独りで食べても、二人で食べても、あるいは大勢で食卓を囲んでも、どの食事にも記憶は宿る。あるいは、食べながら記憶がよみがえる。川上さんは、隣席の六十代くらいのご婦人ふたり組のにぎやかな会話を聞きながら、ありえたかもしれない、しかしありえない友人との未来の会話を想像する。彼女の脳内で繰り広げられる、年を重ねた友人との会話が実際になされたのならよかったのになあ、と私は少し残念な気持ちになる。彼女たちのことを知りもしないのに、カリカリのとんかつを二人で食べてほしかったなと思う。たぶんいつの日か私も、とんかつ屋さんに行き、添えられたキャベツを噛みながら、川上さんの友人の言葉を思い出す。

（橙書店店主）

本書は、二〇一四年二月に小社より単行本で刊行されました。
選者　杉田淳子、武藤正人（go passion）

◉編集部より

本書は、著者による改稿とルビを除き、底本に忠実に収録しております。収録作品のなかには、一部に今日の社会的規範に照らせば差別的表現あるいは差別的表現ととらえられかねない箇所が見られますが、作品全体として差別を助長するようなものではないこと、著者が故人であるため改稿ができないことから、原文のままとしました。

ぷくぷく、お肉

おいしい文藝

二〇二三年 五 月一〇日 初版印刷
二〇二三年 五 月二〇日 初版発行

著　者　角田光代／阿川佐和子ほか
発行者　小野寺優
発行所　株式会社河出書房新社
〒一五一-〇〇五一
東京都渋谷区千駄ヶ谷二-三二-二
電話〇三-三四〇四-八六一一（編集）
〇三-三四〇四-一二〇一（営業）
https://www.kawade.co.jp/

ロゴ・表紙デザイン　粟津潔
本文フォーマット　佐々木暁
本文組版　KAWADE DTP WORKS
印刷・製本　中央精版印刷株式会社

Printed in Japan ISBN978-4-309-41967-1

こぽこぽ、珈琲

湊かなえ／星野博美 他　41917-6

人気シリーズ「おいしい文藝」文庫化開始！　珠玉の珈琲エッセイ31篇を収録。珈琲を傍らに読む贅沢な時間。豊かな香りと珈琲を淹れる音まで感じられるひとときをお愉しみください。

純喫茶コレクション

難波里奈　41864-3

純喫茶の第一人者、幻の初著書、待望の文庫化！　日々純喫茶を訪ねる難波氏が選んだ珠玉のコレクションをバージョンアップしてお届け。お気に入りのあの店、なつかしの名店がいっぱいです。

わたしのごちそう365

寿木けい　41779-0

Twitter人気アカウント「きょうの140字ごはん」初の著書が待望の文庫化。新レシピとエッセイも加わり、生まれ変わります。シンプルで簡単なのに何度も作りたくなるレシピが詰まっています。

バタをひとさじ、玉子を3コ

石井好子　41295-5

よく食べよう、よく生きよう——元祖料理エッセイ『巴里の空の下オムレツのにおいは流れる』著者の単行本未収録作を中心とした食エッセイ集。50年代パリ仕込みのエレガンス溢れる、食いしん坊必読の一冊。

巴里の空の下オムレツのにおいは流れる

石井好子　41093-7

下宿先のマダムが作ったバタたっぷりのオムレツ、レビュの仕事仲間と夜食に食べた熱々のグラティネ——一九五〇年代のパリ暮らしと思い出深い料理の数々を軽やかに歌うように綴った、料理エッセイの元祖。

東京の空の下オムレツのにおいは流れる

石井好子　41099-9

ベストセラーとなった『巴里の空の下オムレツのにおいは流れる』の姉妹篇。大切な家族や友人との食卓、旅などについて、ユーモラスに、洒落っ気たっぷりに描く。

パリっ子の食卓

佐藤真　41699-1

読んで楽しい、作って簡単、おいしい！　ポトフ、クスクス、ニース風サラダ…フランス人のいつもの料理90皿のレシピを、洒落たエッセイとイラストで紹介。どんな星付きレストランより心と食卓が豊かに！

季節のうた

佐藤雅子　41291-7

「アカシアの花のおもてなし」「ぶどうのトルテ」「わが家の年こし」……家族への愛情に溢れた料理と心づくしの家事万端で、昭和の女性たちの憧れだった著者が四季折々を描いた食のエッセイ。

早起きのブレックファースト

堀井和子　41234-4

一日をすっきりとはじめるための朝食、そのテーブルをひき立てる銀のポットやガラスの器、旅先での骨董ハンティング…大好きなものたちが日常を豊かな時間に変える極上のイラスト＆フォトエッセイ。

食いしん坊な台所

ツレヅレハナコ　41707-3

楽しいときも悲しいときも、一人でも二人でも、いつも台所にいた——人気フード編集者が、自身の一番大切な居場所と料理道具などについて語った、食べること飲むこと作ることへの愛に溢れた初エッセイ。

「お釈迦さまの薬箱」を開いてみたら

太瑞知見　41816-2

お釈迦さまが定められた規律をまとめた「律蔵」に綴られている、現代の生活にも共通点が多い食べ物や健康維持などのための知恵を、僧侶かつ薬剤師という異才の著者が分かりやすくひも解く好エッセイ。

魯山人の真髄

北大路魯山人　41393-8

料理、陶芸、書道、花道、絵画……さまざまな領域に個性を発揮した怪物・魯山人。生きること自体の活力を覚醒させた魅力に溢れる、文庫未収録の各種の名エッセイ。

もぐ∞

最果タヒ　41882-7

最果タヒが「食べる」を綴ったエッセイ集が文庫化！　「パフェはたべもののの天才」「グッバイ小籠包」「ぼくの理想はカレーかラーメン」etc.＋文庫版おまけ「最果タヒ的たべもの辞典（増補版）」収録。

愛と情熱の山田うどん

北尾トロ／えのきどいちろう　41936-7

関東ローカル＆埼玉県民のソウルフード・山田うどんへの愛を身体に蘇らせた二人が、とことん山田を探求し続けた10年間の成果を一冊に凝縮。

魚の水（ニョクマム）はおいしい

開高健　41772-1

「大食の美食趣味」を自称する著者が出会ったヴェトナム、パリ、中国、日本等。世界を歩き貪欲に食べて飲み、その舌とペンで精緻にデッサンして本質をあぶり出す、食と酒エッセイ傑作選。

おなかがすく話

小林カツ代　41350-1

著者が若き日に綴った、レシピ研究、買物癖、外食とのつきあい方、移り変わる食材との対話――。食への好奇心がみずみずしくきらめく、抱腹絶倒のエッセイ四十九篇に、後日談とレシピをあらたに収録。

小林カツ代のおかず道場

小林カツ代　41484-3

著者がラジオや料理教室、講演会などで語った料理の作り方の部分を選りすぐりで文章化。「調味料はピャーとはかる」「ぬるいうちにドドドド」など、独特のカツ代節とともに送るエッセイ＆レシピ74篇。

小林カツ代のきょうも食べたいおかず

小林カツ代　41608-3

塩をパラパラッとして酒をチャラチャラッとかけて、フフフフフッて五回くらいニコニコして……。まかないめしから酒の肴まで、秘伝のカツ代流レシピとコツが満載！　読むだけで美味しい、料理の実況中継。

暗がりの弁当

山本周五郎　41615-1

食べ物、飲み物（アルコール）の話、またそこから導き出される話、世相に関する低い目線の真摯なエッセイなど。曲軒山周の面目躍如、はらわたに語りかけるような、素晴らしい文章。

おばんざい　春と夏

秋山十三子　大村しげ　平山千鶴　41752-3

1960年代に新聞紙上で連載され、「おばんざい」という言葉を世に知らしめた食エッセイの名著がはじめての文庫化！　京都の食文化を語る上で、必読の書の春夏編。

おばんざい　秋と冬

秋山十三子　大村しげ　平山千鶴　41753-0

1960年代に新聞紙上で連載され、「おばんざい」という言葉を世に知らしめた食エッセイの名著がはじめての文庫化！　京都の食文化を語る上で、必読の書の秋冬編。解説＝いしいしんじ

居酒屋道楽

太田和彦　41748-6

街を歩き、歴史と人に想いを馳せて居酒屋を巡る。隅田川をさかのぼりはしご酒、浦安で山本周五郎に浸り、幕張では椎名誠さんと一杯、横浜と法善寺横丁の夜は歌謡曲に酔いしれる——味わい深い傑作、復刊！

香港世界

山口文憲　41836-0

今は失われた、唯一無二の自由都市の姿——市場や庶民の食、象徴ともいえるスターフェリー、映画などの娯楽から死生観まで。知られざる香港の街と人を描き個人旅行者のバイブルとなった旅エッセイの名著。

HOSONO百景

細野晴臣　中矢俊一郎〔編〕　41564-2

沖縄、ＬＡ、ロンドン、パリ、東京、フクシマ。世界各地の人や音、訪れたことなきあこがれの楽園。記憶の糸が道しるべ、ちょっと変わった世界旅行記。新規語りおろしも入ってついに文庫化！

時刻表2万キロ

宮脇俊三　47001-6

時刻表を愛読すること四十余年の著者が、寸暇を割いて東奔西走、国鉄（現ＪＲ）二百六十六線区、二万余キロ全線を乗り終えるまでの涙の物語。日本ノンフィクション賞、新評交通部門賞受賞。

汽車旅12カ月

宮脇俊三　41861-2

四季折々に鉄道旅の楽しさがある。１月から12月までその月ごとの楽しみ方を記した宮脇文学の原点である、初期『時刻表２万キロ』『最長片道切符の旅』に続く刊行の、鉄道旅のバイブル。（新装版）

終着駅へ行ってきます

宮脇俊三　41916-9

鉄路の果て・終着駅への旅路には、宮脇俊三鉄道紀行の全てが詰まっている。北は根室、南は枕崎まで、25の終着駅へ行き止まりの旅。国鉄民営化直前の鉄道風景を忘れ去られし昭和を写し出す。新装版。

わたしの週末なごみ旅

岸本葉子　41168-2

著者の愛する古びたものをめぐりながら、旅や家族の記憶に分け入ったエッセイと写真の『ちょっと古びたものが好き』、柴又など、都内の楽しい週末“ゆる旅”エッセイ集、『週末ゆる散歩』の二冊を収録！

中央線をゆく、大人の町歩き

鈴木伸子　41528-4

あらゆる文化が入り交じるＪＲ中央線を各駅停車。東京駅から高尾駅まで全駅、街に隠れた歴史や鉄道名所、不思議な地形などをめぐりながら、大人ならではのぶらぶら散歩を楽しむ、町歩き案内。

山手線をゆく、大人の町歩き

鈴木伸子　41609-0

東京の中心部をぐるぐるまわる山手線を各駅停車の町歩きで全駅制覇。今も残る昭和の香り、そして最新の再開発まで、意外な魅力に気づき、町歩きの楽しさを再発見する一冊。各駅ごとに鉄道コラム掲載。